壮族作家作品系列

我们丛书

# 合唱团

Hechangtuan

凡一平·小说集

广西民族出版社
Gvangjsih Minzcuz Cuzbanjse

**图书在版编目（CIP）数据**

合唱团／凡一平著. —南宁：广西民族出版社，2019.10（2023.5重印）
（我们丛书. 壮族作家作品系列）
ISBN 978-7-5363-7319-8

Ⅰ.①合… Ⅱ.①凡… Ⅲ.①短篇小说－小说集－中国－当代 Ⅳ.①I247.7

中国版本图书馆CIP数据核字（2019）第216639号

**我们丛书·壮族作家作品系列**
**合唱团**

著　　者：凡一平
出版策划：石朝雄
责任编辑：黄　丹
装帧设计：张文昕
责任印制：梁海彪　张东杰
出版发行：广西民族出版社
地址：广西南宁市青秀区桂春路3号　　邮编：530028
电话：0771-5523216　　传真：0771-5523225
电子邮箱：bws@gxmzbook.com
印　　刷：三河市嵩川印刷有限公司
规　　格：787毫米×1092毫米　1/32
印　　张：6.5
字　　数：135千字
版　　次：2019年10月第1版
印　　次：2023年5月第2次印刷
书　　号：ISBN 978-7-5363-7319-8
定　　价：49.00元

# 总　序

黄凤显

壮族是世居珠江流域的少数民族，现今人口1700多万，是我国人口最多的少数民族。壮族历史悠久，曾经创造了灿烂的文化，是中华民族文明的重要组成部分。这个在祖国南方世代生息繁衍的民族，与中华民族的其他成员一样，在千百年的历史进程中，创作了大量内容丰富、形式多样、特色鲜明的文学佳作。

提到壮族文学，首先让人想到的是其民间文学。壮族的神话传说、民间故事、山歌、壮剧、师公戏等，皆广为人知。

而壮族山歌尤为著名， 三月三歌节、壮乡歌圩被誉为壮族山歌的荟萃和渊薮。不过，相对于民间文学，壮族的作家文学，人们对它的了解和关注还很不够。

作家文学的产生是与文字的产生联系在一起的。壮族在先秦时就已经有自己的文字。2006 年前后，在广西平果县发现的感桑石刻文，以及在壮族地区先后出土的石器、陶器、青铜器上的刻文、铭文等，就是壮族的早期文字。这些产生于先秦时期的壮族古文字，经秦王朝统一文字或秦火之后，汉代以降已再难延续。现今发现的感桑石刻文等，由于缺乏文献佐证，已较难破译。但是，感桑石刻文中有不少片段在 100 字左右，已比我们常见的甲骨卜辞字数多，其较大的石片刻有 200 多个字符，据称还有一片达到 2200 字，这都赶上甚至超过了西周青铜器铭文的字数（西周青铜器铭文中最长的一篇《毛公鼎铭文》近 500 字）。这么多的字数和这样的篇幅，无疑已是篇章成文。尽管它尚未被破译，且可能是用于祭祀或属于实用文书，但其连缀成篇，中无间断，亦不难想见其架构气魄和辞章文采。所以，感桑石刻这些作者和内容待考的文字，堪称现今发现的最早的壮族文人作品。

壮族创造的第二种文字是方块壮字，亦称古壮字，也叫土俗字，萌芽于汉代，产生于唐代，是由壮族一些受汉文化教育的文人（也包括巫师）借助汉字或汉字的偏旁部首创造的。古壮字直到现在仍在壮族民间使用。1989 年出版的《古壮字字典》收录了大约 4900 个字和大约 1 万个异体字。使用古壮字进行创作，滥觞于唐代俚僚人酋长、澄州（今广西上林县）大首领、廖州刺史韦敬办。由他撰写碑文的《六合坚固大宅颂》

碑和《智城碑》，是岭南地区最早的唐碑，其骈赋体碑文富于文学色彩，其中《六合坚固大宅颂》则使用了古壮字创作。自唐代以后，古壮字多为民间麽公、民间戏人和山歌歌师所用，他们用古壮字书写的原始宗教经文、壮剧剧本和山歌唱本既有对口头传唱作品的记录，也有自己的书面创作。

在20世纪50年代拼音壮文出现以前，壮族作家、诗人主要是学习和使用汉文进行创作。目前，存世的这类壮族文人作品多为清代时所作，作者大多是中举、中进士者，其汉文水平足可与汉族文人比肩。这些文人在世时基本上都编有文集或诗稿，20世纪90年代以来，经广西少数民族古籍工作办公室组织力量进行整理，广西人民出版社、广西民族出版社、广西教育出版社等先后出版了多位作家的诗文集，如黎申产《莱根草堂吟稿》、蒙泉镜《亦嚣轩诗稿》、韦绣孟《茹芝山房吟草》、崔毓荃《薰生诗草》、郑献甫《郑献甫文集》、韦丰华《韦丰华集》、曾鸿燊《瓶山诗集》等，而其他壮族著名文人的集子，如张鹏展、冯敏昌、刘定逌等还有待于整理出版。这批诗文集可以说是第一批整理出版的古代壮族作家作品集。

近现代以来，运用汉文创作的壮族作家队伍越来越壮大，其题材内容越来越丰富，创作的体裁也越来越多样，涉及了众多的文学样式。新中国成立前，以曾平澜、陆地、华山等为代表的壮族作家就已蜚声文坛。新中国成立后，壮族作家更是群星璀璨。韦其麟、周民震、黄勇刹、蓝鸿恩、莎红、黄青、王云高、苏方学、韦一凡、凌渡、黄钲、潘荣才、孙步康、农冠品、苏长仙、陈雨帆、农耘等，都是人们所熟知的壮族作家。这些作家的作品都曾先后以单部作品或结集的形式出版，在海内外产生了重要的影响。

2013 年，在中国作家协会的精心策划、组织下，55 卷 60 册的《新时期中国少数民族文学作品选集》由作家出版社出版。这部卷帙浩繁的选集收有冯艺主编的《壮族卷》上、下册，收录了数十位壮族作家的作品，上册为中短篇小说集，下册为诗歌、散文集。上册文末附录长篇小说存目，下册卷后附录长诗、长篇报告文学存目。这是迄今为止编辑出版的唯一的多位作家、多种文体荟萃的壮族作家作品选集。

2018 年是改革开放 40 周年，恰逢广西壮族自治区成立 60 周年，今年又正值新中国成立 70 周年大庆，这是展示、回顾、总结和检阅壮族作家创作，尤其是新时期以来壮族文学成就的良好契机。广西民族出版社出于自身的出版定位和社会责任，组织力量、自主投入，编辑出版这套“我们丛书·壮族作家作品系列”。

这套丛书共 11 册，收录了 11 位壮族作家的小说、散文和诗歌作品。入选的这 11 位中青年作家，都是新时期在文坛上活跃的壮族文学创作翘楚。丛书为每位作家单独编辑了作品选集，小说类有凡一平《合唱团》、李约热《一团金子》、陶丽群《被热情毁掉的人》，散文类有冯艺《除了山水　还有什么》、牙韩彰《屈指家山》、石一宁《履痕心绪》、黄佩华《生在平用》、黄鹏《家园气象》，诗歌类有荣斌《尘土之河》、梁洪《一个饺子的距离》、三个 A《魔术师》。看这份名单和书单，不难发现两个特点：一是作家的选集属于“本色行当”，如以创作小说、散文、诗歌著称的作家仍选其小说、散文、诗歌作品，像小说作家凡一平、李约热、陶丽群选的是小说，散文作家冯艺、牙韩彰选的是散文，诗人荣斌、梁洪选的是诗歌。二是作家的选集似乎有所“跨界”，如在小说创作上实力雄厚的黄佩华，选的却是散文，著名文学评论家石一宁和诗人黄鹏，选的也是散文。这种看似“跨界”的努力，实则是跨越，代表了他们在文学创作领域的新开拓。如黄佩华，近年在潜心于小说写作、不断推出新作之余，陆续发表了一系列抒写壮族和壮乡的散文佳作，颇受读者喜爱；石一宁在对当代创作进行较全面系统的点评的同时，用散文笔调记下自己的履痕心绪和寄情哲思；平素写诗的黄鹏，其散文作品则灌注了浓郁的诗情画意。

丛书作品的选取，既考虑到作家的代表作，也充分考虑到作家的成长历程，让读者从中了解到作家创作渐入佳境及其风格形成的经过，尤其是认识和理解一个壮族作家是如何扎根于壮族文化沃土，参照壮语（母语）的表达方式，运用汉语进行文学创作的艰辛探索之路。因此，阅读这些作品，我们可以看出：凡一平小说那壮族式的机智、幽默及其传奇性是如何形成的，冯艺散文那种文化底蕴和人文关怀是如何集聚的，李约热小说的那种怪诞和黑色幽默是怎么炼成的，陶丽群是什么时候开始关注边陲小镇的小人物及其人性的扭曲与张扬的，荣斌的诗歌是如何贴近时代语境、抒写当代人真实灵魂的，牙韩彰是如何从惯常的写实手法转换为一种游刃有余的抒情的，三个A是怎么从一个年轻的壮族小伙子成为诗坛新锐的，等等，不一而足。还是回到编辑这套丛书的初衷，那就是对当下壮族文学创作和壮族作家的成长进行展示、回顾和检阅。

既如此，丛书所选的作品就并非全是作家们的新作、近作。有些作品需要置于其创作和发表时的时代语境下解读。正如凡一平在《合唱团》后记中说的：“这部集子其实是那个年代青年彷徨、思索和奋斗的记录。这些作品所体现的对社会的认识、对生活的体悟、对人生的思考，甚至文本和话语等，自然就带上了那个年代的印记。”这应该作为阅读这套丛书作品的一个基本思路。

在选编这套丛书的过程中，出版社编辑和作者进行了多方沟通和协商。对于入选作品，编辑只对明显的舛误订正，原则上不做另外的加工修改，以尽可能保留作品的原貌。不过，编辑壮族作家作品系列丛书，对广西民族出版社来说是一个新的尝试，疏漏或缺点在所难免。我们在衷心祝愿壮族作家不断取得更加丰硕的创作成果的同时，也诚恳希望作家和读者给我们多提出宝贵的意见，使我们的编辑出版工作得到改进和提高。

2019 年 10 月

# 凡一平·小说集

# 目　录

# 合唱团

那天，我们一窝死鱼泡在屋里搓麻将。

苏楠像头梅花鹿一样奔来，说："告诉你们一个好消息，合唱团不解散了。"

一窝死鱼全活了。

老鲎、黄鳝、鳅子三条男女，如鱼得水，在屋里蹦蹦跳跳。老鲎说："这下我不用去饭店涮碗了。"黄鳝说："阿弥陀佛。"鳅子说："社会主义真好。"

我说："好，你们的破嗓又能为人民服务了。"

"你们？"苏楠盯着我。"好像你不是合唱团的人似的？"她说。

我说："我是。但是很快我就不是了。"

"你要走？"

我点点头。"我要走。"

"合唱团不是不解散了吗？你还要走？"

"要走。"

"为什么？"

"不为什么。"我说。

"你要去哪？"

"不知道。"

于是，四双眼睛齐刷刷咬着我，把我嚼成一个陌生人，一个瘦子、疯子，抑或一头怪兽。

"你……走吧。"

是苏楠的声音。

我走。

我在热闹得如蜂箱的街市上走。然而我不知道我要去哪。像一条癫傻的汉子，我毫无方向地走。因为我在走，便总是遇见许许多多花花绿绿的肩膀，牵着许多新娘似的高楼，也在走。我想，这许多漂亮的建筑和人儿组合在一起，就叫作城市。那么，许多嗓子不坏的人结成一伙，就叫作合唱团了，是吗？

那年，合唱团像个寡妇般热切地欢迎我，疼爱我，让我觉得像寻着了亲娘似的。我不明白我究竟干了什么好事，让那么多人把我当作宝贝似地爱我。

我只是一名会唱歌的男孩。我长着一副好嗓子，但嗓子是父母给我的。合唱团的人，谁又没有一副天生的好嗓呢？那待我如同兄弟儿女般的真情，好像世界上只有一个阶级似的。

于是，我认识了苏楠，认识了老鲎、黄鳝和鳅子。

我们成了很好的朋友，纠成一窝很团结的鱼，把合唱团当作源泉，把舞台当作大海，死心塌地尽情尽力地吼。七八年吼下来，我们都极不容易地吼成合唱团报晓的金鸡了。

夕阳拽着我的黑影，像拽着一头被灌多了酒的马熊，醉醺醺地走。我的脚走成迷乱的叛逆，狠狠地踢跶着我的心，我的迷茫。

我往哪走？

我想起了一个电话号码：5485664。

这号码在我脑中藏了很久，最终没有被我遗忘，忽然像玛瑙似的跳了出来，溜往我的指尖，拨开了一个火锅般繁忙而热乎的电话。

“高头吗？”我说。

“嗯？你是谁？”一个凌厉得如鹅叫的声音回答并反问我。

我说，我是费克。

“原来是你呀，费克？”鹅叫突然变得羊咩似的温柔，“你好，费克。”

“你好，高头。”

“今天是哪尊神催你给我打电话来了，费克？”

“我爷爷。”我说。

“上次和你谈的走穴的事，想定了吗？”高头说。

“想定了。”我说。

“OK。”

“我决定跟你走。”我说。

“好。”

“但是有个条件看你能不能答应？”我说。

“什么条件？”

“我不是为钱奔你去的。”我说。

高头说知道。

“所以我不在乎你给不给我钱，给我多少。”

“明白。”

“但是我的名必须挂在所有歌手前面。你必须突出我！”

高头犹豫。“让我想想。”他说。

我说：“好，你想吧。我不干了。”

“等等！”高头急忙唤住我，生怕我撂下话筒。

“我答应。”他说。

我说：“谢谢。”

“你什么时候过来？”他问。

我说：“明天。”

“一言为定？”他说。

“一言为定。”我说。

放下话筒，我走出电话亭。这时天已经黑了，华灯初上。我感觉十分快活。我的脚飘然如苍老的浮云，走成太空的舞步，轻轻地掠过闪耀的灯塔和楼群，撩拨着夜的绚烂和缤纷。

月亮像枚芒果吊在中天的时候，我回到了合唱团。我那个一贯温馨和欢闹的窝，此刻冷冷地挂在楼的顶层。但亮着灯，我想总不会没人。打开门，老鲎、苏楠他们果然都在，却又全都死鱼似的，翻白了眼，盼我。

“你们怎么……不搓麻将？”我说。我想，或许麻将能驱走这屋里的死气，让屋子重新像鸟巢似的，喧嚣起昔日的欢腾和大笑。

依然是墓园一般的寂静。没人回应我。我说：“你们不就是因为我要走么？我就那么值得让你们哭丧和傻盼？”

老鲎眨了一下眼，却还是不说话。几个人默默地望着我，我的心陡地感到有点软和凄凉。我说：“你们希望我留下，我懂，可是我实在是想走。我已经找到去处了，明天就过去。我不是恨你们，也不是恨合唱团才走的。”

几束目光慢慢地低下，从我的身上移开，移往各自的脚和地板。老鲎的脚踩灭了一只冒火的烟蒂，站了起来。其他的脚也跟着动，一只一只地，走过我的眼前，出门。

我对着眼前的一双脚说：“苏楠，你留下。”

那双脚就不走了。

那是苏楠的脚。

苏楠的脚很白，像两茆玉笋，绰约在我的目光中。我的视线从脚往上绕，缠上了一条红裙。红裙罩着一个很窈窕的身材，一个很挺的胸脯，一条罕见的辫子落在胸脯上，很美。脖子纯洁，还没有人给它套上金项链。那套金项链的人，应该是我。

可我没有能力提得起那贵重的饰物挂住那痴情的期待。我很苦，我的眼不敢再往上看了，我愧对那张美丽的脸，那双生动得如同祖母绿似的眼睛。

我走过去。我的手轻轻地拥着她的双肩。

轻轻地，我唤苏楠。

苏楠缓缓地，掉转她的目光，痴迷的眼睛对着我。我明确地捕捉到她眼睛里的怨艾和哀伤。那怨艾和哀伤，仿佛一副铿亮的铐子，囚着她瑶池一般深邃的爱意和相思。

“苏楠，理解我，苏楠。”我说。

苏楠扑进了我的怀里。

“我爱你，苏楠，”我说，“我不是不爱你才离开合唱团，我爱你。”

我吻着苏楠，苏楠也吻着我。两副灼热的嘴唇如一对干涸的水井，拼命地吸吮和装容着爱情的甘霖。我们沐浴着一场情感的狂风和暴雨，不知死活地相亲欢爱。我的心潮恣肆浪荡，泛滥如一片汪洋，横流着我的情意和爱欲。

“永远爱我，费克。”苏楠呻吟着，苦求我。

“永远爱你。”我说。

“不骗我。”

“不骗你。”我说。

苏楠一脸的幸福，两只眼睛如并蒂的蓓蕾，开放着晶莹、满足的泪花。我却在想，我对苏楠所说的话究竟有几分真实性，我在说不骗人的时候是不是就已经把人给骗了？

我去见高头。

高头在他的寓所里等我。我去见他的时候，客厅里正有一群人围着他。那群人很鲜艳。高头却把眼珠对准门口，是盼我。

高头很高兴，因为我来了。他握着我的手，还抬着头看我。高头不高，只长到我的颌下，因此他只能仰望我。可名字倒起得吓人，高头——我不明白这匹矮马何以配称呼这茁壮的名字。

“你好，费克！”

“你好，高头。”

高头热情地把我介绍给客厅里的生人。“伙计们，”他说，“我们终于又有一根顶梁柱了。他就是费克！”高头指着我说。

客厅里的人面如白馍，没人理睬我。幸好我没指望谁给我光彩面孔，因而我很自在。我说：“高头，你这里人才果真很缺么，把我树为顶梁柱？”

高头说：“你来，我们就不缺男高音了。你肯定很能叫座！”

我说：“哪里哪里。是驴是马还要等着拉出来看呢！”

这时，人堆里娩出一朵玫瑰花般艳丽的女郎，像个贵妇人似的藐视我。“你好谦虚哟！”她说。“你这种狐狸式的谦虚是跟谁学的？”她拷问。

我打了一个寒战。

“跟狐狸学的。”我说。

“怪不得我感觉你身上一股狐味。”她说。

“我们的感觉彼此一样。”我说。

“为什么走穴？”

“不为什么，”我说，“你呢，你为什么？”

“我为钱。”

“我相信，你是为钱。”

“那么你为革命啰？”她说。

“我为命，”我说，“为自己的命。”

“想不到你还挺坦白。”

“你也不虚伪。”我说。

“听高头说你叫费克，费翔是你哥哥？”

“费翔是我老弟。”

“答得好！”她说，“但不知你唱得是不是比说得好听？”

“我的嗓子很对得起我，”我说，“我相信也不会使你们和大众失望。”

“你是什么唱法？美声，民族，通俗？”

“都会。”

“你会通俗？”

“通俗最省劲了。”我说。

“会摇滚吗？”

“不会，”我说，“但我想滚并不难。”

“不难？你以为像做早操一样简单吗？”

“很简单，”我说，“我一面唱的时候，一面想象有四五只虱子分别在我的脖子、脊背、手和腿上爬，你说我会不会摇得很好？”

“你真聪明。”她说。

“谢谢，”我说，“你总算发现我这个人还有优点。”

她莞尔一笑，突然伸出手，握我：“认识你很高兴。”

“你叫什么？”

“寇莎。”她说。

“扣沙？”我说。

“寇莎。日寇的寇，莎士比亚的莎。”

“好名字。”我说。

这时高头过来，插嘴说：“寇莎也是我手中的一张王牌。

加上你，我可是抓得一手好牌了。我的赌注全押在你和寇莎身上。我这个队，全靠你们俩撑了！”

“你这个队，叫什么队来着？我忘了。”我说。

“大甲虫摇滚乐队。”他说，“怎么样？好听吗？”

“好听。”我说，“比屎壳郎好听。”

繁华喧闹的大街，竖着一块光彩耀人的大广告牌，如新楼的正墙，辉煌触目。一只金黄的大甲虫，被画笔涂在牌上欢跳。还有两颗鲜艳的人头，张挂在牌子上招摇。一颗是我，一颗是寇莎。

我和寇莎瞭望着两颗人头。寇莎说：“费克，你的头好像比我的头漂亮？”

我说：“当然，我的头比你的头值钱。”

“你没来的时候，那牌上面只有我一颗人头。”寇莎说。

“我来了，你的头就黯然失色了。”我说。

寇莎斜着眼。“走着瞧吧，一个合唱团出来的人，我不信称得了霸？”她说。

“那你就等着瞧吧。”我说。

我回合唱团去找苏楠。我想给她和老鲎他们送几张票。我就要一个人演唱了，一个人。我想让他们看我一个人独自站在光耀四射的舞台上自由地演唱是何种气派，何种风采。我想让他们听在合唱团听不到的我的……歌声！

我敲我自己的房门。我以为我那几个如同一个娘生的好兄弟一定会在屋子里等我，盼我。

没有动静。连翻麻将的声音也没有。

我一一地唤老耋、黄鳝、鳅子！没有回答。

我唤苏楠！

依然如一间破庙般的冷寂。

我萎缩得如一只小狗。我把别人看扁了，别人也看扁了我。

我打算使用钥匙。

一团嘹亮的歌声，忽然从我的身后腾起，像排热浪，打向我的脑后，我震撼！

我掉转我的头。我的目光迎着扑面而来的歌声，朝前望去——

合唱团在合唱！

歌声分明从摇曳的青竹林中瓦红的排练厅里传来。洋洋洒洒，沸腾着火一般的炙热的激情，也弥漫着青竹林般翠绿的诗意。那感觉我仿佛从来没有过，就像是三月的河水，冰消雪融后涌起的第一股春潮所给人带来的那种新鲜的直觉和快感。

我的心不禁像初恋似的跳了两跳。

濒临破灭崩溃苟延残喘奄奄一息的合唱团复活了。

这正是我深深热爱着的希望。

但希望不等于就是我的欲望。

我的欲望像火，森林里的大火。合唱团的歌，合唱团的爱，扑不灭我的欲望。

我的欲望正在粉红色的票上燃烧。

票是高头给我的，只有三张。高头说不能多给，票紧张。十块钱一张的票全卖出去了。“冲着你来的，”他说，“我们的广告做得很好。”

我说是不错。

“好好唱，费克。”高头勉励我，“一场唱下来你猜我会给你多少？”他说。

我说随你便。

高头竖起一根如笛的手指，说：“这个数。”

“一百？”我说。

“不，一千。”他说。

我有些脸红。“谢谢你，高头。”我说。

我想到排练厅去，把票当面送给苏楠和老鲎。

然而我却不敢。我不知道我为什么胆怯。我怕苏楠和老鲎拒绝我么？还是怕合唱团的人，会像看待一个叛徒似的藐视我？

我把票匆匆塞进苏楠、老鲎和鳅子房间的门缝，就走了。

大甲虫摇滚乐队演出开始了。

猩红的帷幕，徐徐拉开我的等待。如同骏马的渴盼，我孜孜以求向往驰骋的时刻到了。一个如同芙蓉花般妩媚的女郎将我从幕后引上舞台。我潇洒地走，豪迈的步履显示我的风度。我在灿烂的星光和绚丽霓虹的普照下，亮出我的英俊和雄壮。

呼声聚起。

欢呼的人，一定都看过我的头。

呼声，鼓舞着的女报幕员，殷勤地吐出一串白葡萄般甜美的吹捧：“下面，我们请英俊潇洒风流倜傥的摇滚王子费克，为大家演唱！”

呼声再次炸起，雷动。

我飘然地做出绅士式的鞠躬姿势，连说三声：“谢谢，谢谢，谢……谢。”

我猛地觉得我很俗。

我无法不俗。

关键的是，我能唱了。一个人，只有我一个人站着的舞台——属于我主宰的宇宙，将传出只有我一个人的声音！我不再是合唱团森林般的队伍里一株碗口粗的小白杨了，而是一棵参天的大树。我是众人瞩目和瞭望的一颗新星。我是太阳。我歌唱的光辉，将射透盐白苍老的云团，通红地照在我生活着的这座美丽而浮躁的城市。

我热烈地唱开了——

我曾经问个不休
你何时跟我走
可你却总是笑我一无所有……

我唱的是《一无所有》。我需要观众，还需要欢呼。

我已经埋没得太久，期望得太久，太久……

我破开嗓子尽情地唱，启动四肢尽力地摇。我的歌如岩浆的喷涌，我的舞如火狐的蹿动。我亢奋得如喝了鹿血，我如痴如狂如醉得如同是中了迷幻的好汉……

我要给你我的追求
还有我你的自由
可你却总是笑我一无所有……

一无所有，我果真的也如我嘴中的歌唱，一无……所有么？

我唱着，一支接一支寻死觅活歇斯底里地唱着，唱着。

欢呼声、掌声和喝彩声，一阵接着一阵，阵阵撞击着我的胸膛。我的胸膛如炉，火红地冶炼着我欢乐的心和我膨胀的欲望。

我……辉煌了！

绵延不绝的欢呼声，依依地将我送下舞台。

高头猛地扑上来搂抱我。"你太令我兴奋了，费克！"他说。

"是吗？"我说，"这么说我唱得还不错？"

"太棒了！"他说。

"跟寇莎比怎么样？"我说。

寇莎过来了。

"我没有使你失望吧，寇莎？"我先发制人。

"没有。"寇莎温软得像只羊。"你唱得很不错。"她说。

"能和你比吗？"我说。

"当然，"她说，"作为一个女人，我愿意输给你。"

我蓦地脸红。

"哦，对不起。"我说，"我忘了你是个长头发的女人。"

"祝贺你，你的记忆恢复了。"寇莎说。

"我也祝贺你，"我说，"你的对手不打算和你争高下了。"

"是吗？"

寇莎扭头走了。一名男监督在催她。

一双手在这时候蒙住了我的两眼。手很粗硬。是双男人的手。一股呛人的烟味从手飘入我的鼻孔。是个老烟杠！

我敏感地喊：“老鲎！”

果然是老鲎。

老鲎的身旁立着苏楠、鳅子，还有黄鳝。

黄鳝？我的心咯噔跳了一下。我过去一步，抓住黄鳝的手，说：“对不起，黄鳝，我只有三张票。”

黄鳝摇摇我的手，说：“没关系，我懂。”

老鲎说：“知道你演唱的消息，黄鳝很高兴。跑到售票处买了一张，也来了。”

我突然心酸：“黄……”

鳅子把一簇肥硕的鲜花献给我，说：“我们四个人的。”

我说谢谢。

苏楠不说话，默默地看着我，黑亮的眼睛似悲似喜，似怨似乐。

“苏楠……”我想说一句什么，又咽下了。

这时寇莎已经在台前唱开了。她果然如只仙鹤，在舞台上蹁跹飞舞，绚丽歌唱。

“她是谁？”苏楠开口了，问我。

“寇莎。”我说。

“她长得很漂亮，歌唱得也好。”

“是吗？”我说，“我看一般呀。”我佯装糊涂。

“我看也一般，”鳅子说，“她长得再漂亮，也比不上我们的苏楠；唱得再好，也赛不过我们的费克！”

我说：“鳅子，我非常欣赏你这些话。谁也比不上我们合唱团的人，对吗？”

苏楠轻轻地瞪我一眼。“吹牛，”她说，“还好意思说是合唱团的人哩。”

我说：“我的心从来就没有离开过合唱团。”

黄鳝说：“费克的话，我信。”

我说：“有一天我一定能走红，你们信吗？”

鳅子说：“你已经走红了。”

“是吗，老鲎？”我说。

老鲎说：“是的，你已经走红了。”

高头把一个标着阿拉伯数字的信封递给我，说：“这是你的报酬。”

我把信封接过来，看清信封上的阿拉伯数字共4位，一个“1”和三个“0”，紧密得像一串短玛瑙。我说：“高头，你太客气了。我应该得这么多吗？”

高头说：“论功行赏你应该得这么多。”

我说：“我说过，我不在乎你给不给我钱、给我多少。记得么？”

“记得。”高头说。

“记得你还这么优待我？”

“我不能亏待一个能为我赚大钱的人，”高头说，“你是我的依靠。”

“我也依靠你。”我说。

“不，”高头说，“你可以没有我，但我没有你、你们，不行。”

我说：“你把我、我们，看得太重要了，你会吃亏的，高头。”

高头笑笑。“不会。”他说。

“但愿不会，”我说，“但愿你能赚大钱，我出大名，我们各得其所。”

“一定的。”高头说。

“下一步，你怎么打算？”我说。

高头说：“我打算在本市再演两场，然后把队伍拉到外地去，比如广州、上海，那才是真正的大世界。你认为怎么样？”

我说：“我听你的，高头。”

与苏楠一人相处的时候，我告诉苏楠，我就要江湖卖唱去了。

苏楠说：“你为什么要告诉我？”

我说：“因为，我想让你知道。因为，我爱你。”

“不，你不爱我。你走红了，就不再爱我了！”

“苏楠……”我说，“你转过身去，苏楠。”

“干什么？”

“干一件从前我想办而办不到的事。”我说。

“什么事？”

我不说。我说：“你转过身去。”

苏楠转过身去，背对我。

“再闭上眼。”我说。

我默默地从胸口，掏出一条灿黄的金项链，轻轻地挂上苏楠纯洁的脖子。只见一轮金光，霎时在她雪白美丽的颈项上闪耀。

我说：“苏楠，睁开眼睛看看。”

苏楠一双凤眼，看到了颈项上灼目的金项链。

我说："苏楠，这是我给你的礼物。从此，你永远也摆脱不了我爱的缠绵了，苏楠！"

苏楠醉倒在我怀里。

我说："苏楠，你听到我的心跳吗？"

"听到了。"苏楠说。

"相信我爱你吗？

"相信。"

"我会想你的，"我说，"我到外地去演唱时，无论什么时候，在什么地方，我都不会忘记你。"

"好，费克！"

苏楠躺在我怀里，幸福得像只猫。

我们长长地接吻着，像一对永恒的情人。

我们游走上海。

上海以她美丽而冷酷的面孔迎接着我们。繁华富丽的街衢，高楼林立，广告如云。广告的霓虹如熊熊天火，焚烧着行人的目光。我们的"大甲虫"，寇莎和我的头，黯淡得如省油的灯火，冷落在上海滩头。这是一个竞争的世界，没有我们立足之地。黄浦江浑浊的河水，我们想喝也喝不上。

"打退堂鼓吗，高头？"我说。

"不，征服她！"高头咬牙切齿。

"你有办法？"

"我有！"

高头请来一名记者。

在我们下榻的浦江宾馆，高头隆重摆了一桌，请记者入席，拉了寇莎和我参加。一番客气而亲热的介绍后，寇莎坐到了记者的身旁。

高头安排的。

或许寇莎也乐意?

五杯透明的白葡萄酒，在五只铜黄的手中端着，相互碰出一个巧妙默契，入肚。

“贵团这次来上海，打算演多久？”记者问。

“十天半月吧。”高头说。

“十天半月？”

“哎。”

“上海这地方，不好待哟！”记者说。

“是的是的，”高头说，“敝团初来上海，不懂得这里的行情和规矩，还请记者先生多多关照。”

“一定，”记者说，“有什么需要我帮忙的，请说吧。”

高头说：“贵报是上海发行量很大的报纸，我们非常希望能借贵报的一角，在上面发个消息。你能不能成全我们？”

“当然可以，”记者说，“不过……”

记者欲言又止，狡黠地看着高头。

高头神会：“只要你肯帮忙，一切都好办。”

记者说：“我是个高级记者，轻易是不写文章的，既然要写，就要拿出有分量的东西，懂吗？”

高头说：“懂。”

为了提醒记者我们有钱，我说：“寇莎，我们住这饭店几星级？”

寇莎聪明地摇摇头。

记者说：“是三星级。”一丝暖笑掠过他的嘴角。“看来，你们团的实力是很雄厚的，”他说，“我一定写出让彼此满意的文章！”

“多谢！”高头说。他及时从口袋里掏出一个厚重的信封，贡给记者。“这是敝团的一份材料，请笑纳。”他说，“你看看够不够？”

记者在信封口闻了闻，说：“够了。”

高头喉结狠动了一下，像咽下一颗开心的坚硬的药丸：“寇莎，给客人敬酒！”

“哎。”寇莎应命。

一杯奉承，连同一个色情的媚笑，灌进了记者的肚子里。

记者的心肝，一定很陶醉？我想。

高头用高价购买的消息见报了。

耀眼的标题，排成两串，像两行平密的烟头，灼灼烫目：

**大甲虫摇滚乐队来沪献艺**

**摇滚明星寇莎费克将大显风采**

高头像宣布一则捷报般朗诵着这条消息，喜得如一只瞥见玉米地的猴王。寇莎则乐得像条被宠幸的花狗，她的名字笑在了我的前面。

高头说：“有了这条消息，我们队的名声，一定大振！”

“多亏了你那份‘材料’。”我说，“你给了他多少？”

高头三根手指微微发颤。

“三千？”

“三千。”

“好，挺好。”我说。

“你以为不值得么？”

“值得，”我说，“三千元钱宣扬了一只大甲虫和两颗人头，值得，很值得。”

寇莎两眼瞪着我，说：“你除了讲得一口风凉话外，还能起什么作用呢？”

望着寇莎功臣似自满的脸，我说：“可惜我不是女人，假若我是个女人，我一定去陪那记者……”

“你以为我不敢吗？”寇莎的目光扫荡我，“如果他长得像你这么魁梧的话，我会的！”她说。

我哑口无言。

高头说：“这消息发出去，两天之内，我们的票，定能销售一空！”

果然。

一连数天，“大甲虫”的演唱，场场爆满。我冲在前，像一头英猛强壮的狮虎兽，频频不停地跳跃和啸吼。我的嗓子唱起茧了，票门口依然购者纷拥。频繁的重复，我的歌舞已经变得麻木和机械。我把我的情感兑了水，向观众……兜售。

我成了台赚钱的机器。

我们大扎大扎地，为高头，也为我们，唱来钞票。

我有愧，而我……无悔。

寇莎来串我的门。

宾馆的沙发和床很舒服，她坐到我的床上。

我说：“你坐到沙发上是不是更好些？”

寇莎说：“为什么？”

“作为一个中国人你应该懂。”我说。

“我不懂。”

“那你就坐吧，”我说，“所幸的是我没有也坐在床上。”

“好一个君子。”

我说：“谢谢。难得你这么夸我。找我有事？”

“有事。”

寇莎望着屋顶，说：“你觉不觉得高头是在利用我们？”

我说：“我们也利用他。”

“不！”寇莎说，“你错了。我们利用他什么？出名？不，中国那么大，要出名到哪找不到机会？何苦奔他？我们跟高头图的是捞钱，可高头给了我们多少？一场累死累活地唱下来，才给我们每人一千元，还不够我买零食呢。”

“一千元不少了，”我说，“将来你出嫁，够买两件好嫁妆了。”

“对。一千元钱对你来说是不少了，”寇莎说，“你不觉得你也太便宜了么？你知道一场下来高头除了支付我们酬金外他还能赚多少吗？”

“多少？”

“一万！”寇莎说。

“高头告诉你？”

“我算的，”寇莎说，“信不信？我算给你听。”

“不用了，”我说，“我信，你算得出。”

“明天，我们去找高头算账，”寇莎说，“让他给我们加翻倍酬金。不然，我们罢演！”

“我们？”

“对，我们。”寇莎说。“我们俩是高头赖以发财的两根支柱，只要我俩以罢演要挟他，还怕他不答应？”

“要是我不干呢？”我说。

“你不干，也难不倒我。”寇莎说，“我去串联其他人，只要全部人跟着我闹，罢演，只剩下你个光杆司令，票又卖出去了，看高头仅靠你一人，怎么过日子？”

我说：“那么你就去串联吧，我祝你成功。”

“谢谢。”

寇莎从床上站起，又瞄了一下床，说：“你一人睡这床不寂寞吗？”

“寂寞，”我说，“但寂寞的时候我就想起个人，她能帮助我战胜寂寞。”

寇莎说：“合唱团的吗？”

“是的。”我说。

“她很漂亮？”

“很漂亮。”

“想不到你这人居然还是个情种？”寇莎说，“如果男人可以立贞节牌坊的话，你肯定能立上一块。”

“不，”我说，“那是不可能的。”

“为什么？”

“因为像我这样的男人太少了。”

“得了，费克，你别装了，”寇莎说，“像你这样的男人我才见得多呢，伪君子。”她走过来两只温软的玉手勾住我的脖子：“今晚我那边的床上也只有我一个人，欢迎你去和我同居。”

“不，谢谢。”我说。

寇莎留下一口唾沫，走了。

目送她娉婷离去的身影，我不明白我为什么要拒绝这样一个浑身充满魅力的性感女人的邀请。

我发觉我原来并没有堕落如一只禽兽。

寇莎果然以罢演要挟高头了。

演出开始的节骨眼上，寇莎突然向高头提出增加酬金的要求，一群串通好的“大甲虫”跟着她闹。

“高头，”寇莎说，“今天你要是不给我们增加酬金，我们就不演了！”

高头猝不及防，束手无策 。

“你们……先演出，好不好？”高头说。

“不！我们需要你现在给。”寇莎说。

“我哪有那么多钱呀？”高头说。

“你有！”

“我给你们的酬金已经不低了。”高头说。

“对。对一个合唱团的人来说，不低了。可我不是。”

“你是在说我吗？”我说。

寇莎说：“说你。”

我说：“我这个合唱团的人没来之前，你觉得高头给你们的价格低吗？”

寇莎愣了三四秒，说：“我们是在跟高头谈判，不是跟你。”

我说：“那你就跟他谈吧，只是不要谈我。”

寇莎说：“高头，抬起你的手看看表，时间不多了，犹豫对你没好处。”

高头咬牙切齿：“我给你们！”

寇莎笑得比花好看。

一沓沓诱人的人民币，分发到各人的手上。

高头也把一份递给我，说：“这是你的。”

我说：“我不要。”

“为什么？”

“无功不受禄，”我说，“这钱不是我争的。”

“但是，却是你挣的。”高头说。

高头很凄然。

我也……凄然。

几顶不像是逮人的大盖帽走进我们住的宾馆，找我们。高头说：“可能是收税的。”

果然是。

高头对来人说：“你们放心，我们一定如实缴纳所得税。”

来人就走了。

高头对我说：“你去把所有的人叫来，我有话要说。”

我便去把所有的人都叫来了。

高头朝每个脑袋望了一眼，说：“收税的来了。”

所有的脑袋乱作一团。

高头说：“每人都得交。”

“不，我们不交！”有人提出异议。

我以为异议者是寇莎，不是。

“凭什么要我们交？”很多嘴巴说。

"因为，我的钱都发放给你们了，"高头说，"包含该缴纳的税金。"

"不！"

高头说："不？你们想犯法吗？"

很多嘴巴被吓住了。很多眼睛却望着寇莎。

寇莎成了一颗救星。

"寇莎，你说该交不该交？"高头说。

"该交，"寇莎说，"但该交的不是我们，而是你。"

"岂有此理！"

"岂有此理？"寇莎说，"你拿出你与我们签订的演出协议书看看，上面有没有写着让我们缴税这一条？"

高头哑口。他被钻了空子。

一粒一粒豆大的冷汗，从高头宽阔的额上冒出，如屋檐的滴水，掉到脸上，地上。他的身子在发抖。"不，你们得交，你们得交！"他说。

"不，我们不交，"寇莎说，"我们不犯法，你是头，你怕吗？"

高头口吐白沫："你，你们，我开除你们！你们……给我滚！滚！"

"滚就滚，"寇莎说，"你以为我们离开你，就找不到饭吃了么？弟兄们，走，我带领你们投奔别的主儿去！"

屋子走空了。我也要走。

高头唤我。

"你也要跟他们走么？"

“不。”我说。

“那么你留下吧，”高头说，“跟我，重新再拉起一支队伍。”

“不。”我说。

“为什么?

“不为什么，”我说，“我累了。”

“你想上哪去？”

“不知道。”

“你不打算回合唱团去么？”

我说：“不知道。”

我离开了高头。

繁华的上海，容留着我最后的脚步。我走在漫天霓虹的街道上，再一次感受着她的绚丽，她的炎凉。灯红的光芒，酒绿的水色，冷热地照在我的脸上。我如同一只困惑迷失的小兔，在茫茫人海中寻找着我的去路，我的归途。

我……路在何方?

我倚在外滩绵长的爱情墙上，孤独地凝视着被霓虹染得红红绿绿的黄浦江。咸湿的海风，呼呼地卷过浑浊的江面，狠狠地向我打来。我的梦想和欲望，在爱情墙上被打得粉碎。拥有的我已经失去，失去的我不再拥有——

合唱团，合……唱团!

此刻，我突然像个女人呼唤自己的情人似的，呼唤着……合唱团!

1990年

# 通俗歌手

有一天，我对板栗说我最近捞了一个姑娘。板栗问漂亮不？我说演员哪有不漂亮的？板栗脸色大变，猩红得像一块猪肝，斥道：奶奶的，你找演员做卵？我说喜欢就找呗。板栗的腮帮子狠狠扭动了一下，肯定是磨牙齿，厚得像抽皮的嘴唇尖刻地冒出一句国骂，他妈的……演员！

我知道板栗对演员有着刻骨的仇恨。两个月前，一个和他热乎了半年的女演员把他甩了。女演员像《三笑》里的狐狸，变着人样把板栗弄得神魂颠倒，骨瘦如柴。板栗在这女人身上投资成千上万，几乎把女演员的每一块显眼的肌肉都镶满了黄金。末了女演员吸干了他的精血，然后就像抛弃一条丧家犬一样把他蹬掉。一贯很少上当精灵如猴的板栗，竟被一个不满20岁的女演员给涮了！板栗受此奇耻大辱，愤怒无比，恨不得劁掉天下的演员。

我说我找的这位绝对不像甩掉你的那位，她善良得像只兔子。

我惨痛的教训你应该引以为戒，板栗说。演员水性杨花，不可能真正爱我们个体户。

我说去你的，板栗。

我摽上的姑娘叫杨米。认识她是在省歌舞团演出的一次晚会上。

那晚的演出，好像是招待一些什么专家，内部千余个座位，除了前排十几个专家之类的人物外，坐的都是我们个体户。演出开始，舞台上就蹦出数十个像蚂蚱一样跳腾的精灵，在一条虚拟的红褐色的河上舞蹈。模豺仿虎，手脚舞的全是禽兽的动作。涩如鬼哭的音乐企图把人渡向蛮荒的远古……狗屁！我们看不懂也听不懂——憋不住喊叫的人，当然是我们一帮年轻的个体户。场内开始骚乱。抗议的呼哨，叽喳像森林里的鸟叫,声涛澎湃如怒吼的狂潮,终于震落赭红的帷幕,中断了精灵的舞蹈。一个富态的老女人钻出幕帐，蒲扇般的两面手掌向下压，示意我们安静。她说有什么意见和要求请派个人到幕后来，我们可以谈谈！话音刚落，便有很多人喊着我的名字，选我为代表。我不知道他们为什么选我，在个体户中我并不是最有钱的。也许他们看中的是我那只读到大学二年级的学历，在个体户中这已经是最高的学历了。我在如雷的掌声中走上台去，孤单地步入幕后。许许多多眉笔修饰了的豹目凤眼，望我像杨子荣。适才仁慈的老妇人已严厉得像女座山雕坐在那里候我。

你是他们派来的代表么？她问。

是的，我说。

你们是什么人？

我说我们是个体户。

个体户？她满目的惊愕，面部紧张的肌肉也“砰”地松弛了，造出一个冷冷的讪笑，个体户？哈，原来是个体户！

是的，我们是个体户。我又说。

你们想干什么？

我们不需要高雅艺术，我们要通俗歌舞。

听着，今晚我们是为专家表演而不是为你们下里巴人！

我决不示弱。下里巴人？没有我们这些下里巴人，你们谈狗屁阳春白雪，谈狗屁……高雅？

女座山雕软了，说总之这个舞我们不能不演，专家是特定来选这个节目参加全国艺术节的，他们明天就要走了。你说怎么办？

我说好办。你们至少来一段通俗歌舞，然后我们就走，你们继续演那个准备拿金牌的舞蹈。

我们是正统的民族歌舞团，哪演什么通俗歌舞？

我顿时语塞。

此刻，一个美好的声音从女座山雕身后的人群中漾出——我想我能满足他们的要求。

移目望去，声音娩出一个俊俏的人儿，像一只美丽的鹤！我的目光降在她的身上燃烧，无形的火焰冶炼她不胜明媚和丰柔的体态。

你行吗？女座山雕问她。

她生动的下巴点了点，说我行。

行就上吧。女座山雕无可奈何地说。

匆匆地，她朝我投来一个和善、友好的微笑，然后扭身去了另一个方向。她需要准备。

两分钟后，我在密集的观众丛中重新看到了她。化了妆的她，满身的星光，更加灿烂了！报幕员说她叫杨米。杨米将要为大家演唱的歌曲是《一无所有》！

掌声雷动。

杨米深深鞠了一个大躬，胸口的电吉他，像艘船，拨开美妙的音浪。她热烈地唱开了——

我曾经问个不体
你何时跟我走
可你总是笑我一无所有
我要给你我的追求
还有我你的自由
可你总是笑我一无所有
喔，你何时跟我走

亢奋而忧伤的歌声，散着缕缕馨香的苦涩，如秋天的风雨，淋透一颗颗渴望爱情和温暖的心灵。一百颗、一千颗跳荡的心，共鸣着杨米真诚而美妙的演唱。

一歌唱毕，迷狂的人们鼓足干劲欢呼，要求杨米歌唱的继续。

而帷幕毫不犹豫地落下了，吞去热情的杨米。

我也想起了我的诺言。

我登上台去，对着我热闹的个体户观众，不得不扯着嗓子吼滚吧，我们得守信用！

人纷纷散了。

我却没有走。我想我留下一定是为了杨米。

我蹿入幕后，撞着很多准备恢复诸精灵之舞的“禽兽”，却都没有杨米。我抓住一名饰狮子的演员，问杨米哪去了？他指着一个堆满服装箱的角落，说就在那。

果然，杨米踱在服装箱周围。

我走过去。她发现了我，又向我露出和善与友好的微笑。你好，她说，你怎么来这？

我说我代表个体户留下来向你表示敬意和谢意。

我唱得不好，她说。

不。你把我们给征服了。

你们真……疯狂。

不狂，今晚就听不到你的歌声了，我说。

你们真的喜欢我的歌么？

是的，我们非常喜欢。

这时，有两只“虎”跑来跟杨米说皮破了，换换。

杨米迅速拱入一只大箱，掏出两张斑斓的虎皮，交给两只“山大王”。

我惊惑不已！你怎么能干这种活？

杨米笑笑，这是我的工作。我曾经是名舞蹈演员，练功时不镇摔伤了腰，很重。舞不能跳了，只好干这个。

可你歌唱得那么好，当名歌唱演员总是可以吧？

杨米又笑：他们认为我唱法不行，通俗味太浓。他们不需要我这种类型的歌手。我们这可是民族歌舞团。

这时舞台上陡地雷电大作，风雨交加，最先出现的是几个手拿石器的人类，栉风沐雨，寻找居住的洞穴。突然，鬼哭狼嚎，虎啸猿啼，足有一百匹飞禽走兽倾巢而出。人类和它们开始了殊死的搏斗。

你觉得这个舞蹈这么样？杨米问我。

我说好啊，这群动物太可爱了。看来你们团长一定是个驯兽专家？

杨米瞪大眼睛，说你太狠毒了，真是一刀见血。你是不是个屠宰专业户？

不幸言中，我说，我是个屠夫。

我想，杨米说，你不是个简单的……屠夫？

你又说对了，我说。一座高等熔炉曾把我找进去修炼过，把我冶炼得非常复杂。

你叫什么？她终于打听我的名字。

我说我叫斯文。

斯文？你壮烈得像一匹马，人可一点不斯文。她说。

我说有什么办法，我老头是个臭老九，这名字寄托着他读书做学究的殷切期望。

杨米突然伸出手，握我，说，你不同凡响，斯文！

我说我们另找个地方侃侃怎么样？

她答应了。

我们二人溜出剧院，广场只剩下一辆摩托，孤零零地候我。我跨上去，招呼杨米说上吧。

在人车如流的大道上，杨米大声问我这辆摩托一定托过不少女人吧?

我说，这辆摩托主要是用来托运猪肉的。我是个屠夫!

你干吗不正面回答我的问题?

我说在你未与我深交之前，我是不会把自己的隐私告诉你的!

你要把我带到哪去?

我说咖啡厅，那地方绝对安全!

咖啡厅。西洋的外壳裹着一群闲情逸致的中国人，在里面品着风雅。我招呼杨米坐下，唤来两杯咖啡。

你……快活么?杨米突然问我。

你是指……此刻?

不。我指你现在的生活。

是的，我挺快活。我说。

杨米脸色鲜亮，说我真羡慕你。

我说连你都羡慕我了那我还羡慕谁?演员已经是世界上最令人羡慕的人们了!

令人羡慕?她苦笑，在歌舞团我被囚得像笼中的鸟。

那你干吗不出去?我说。

走穴?

对，走穴!

她摇首，我走不出去。

为什么?你怕钱痒手么?

不怕，她说。我怕钱不痒手。

走穴的人没有钱不痒手的，我说。

她说，可是，我不是名歌星。万一走砸了，我又丢了歌舞团的饭碗，岂不是人财两空了么？

你太胆小了，我说。我看你什么都不缺乏，你缺乏的只是勇气。

杨米静静地听着，颔首，若有所悟。

我俩亲切地交谈着，聊完了好几杯咖啡。夜色愈浓，杨米扼腕看表，说我该回去了。我问你在哪？她说歌舞团单身宿舍。我说我以为你有家了。她说我要是有家，我丈夫现在该去公安局报案了。我说那么，我可以送你回去了？杨米说你义不容辞。

于是，多情的摩托又捎上了杨米，载着我的殷勤和卑琐，驶向歌舞团宿舍。

杨米的卧室，在一幢高楼的顶层。她把我领进她的闺房，一股醉人的馨香扑鼻而来，沁人心脾。柔和的灯光，映照着房间典雅的布置。洁净的床、淡蓝色的窗帘。乳白的四壁，除了一张杨米自己舞蹈的大幅照片，再也看不到任何悬挂的物品。我想杨米一定无比缅怀她那已经永远断送了的舞蹈生涯。

以前你来过歌舞团吗？她问我。

我说想来过，但是来不了。听说你们歌舞团的女演员高不可攀，所以我们很多男人只能像仰望星空一样仰望着你们。

那是因为你们都跪着。

是吗？不过，我有个叫板栗的哥儿们来过。他摽上了你们歌舞团一位女演员。不幸得很，你们那位女演员洗劫了他的钱财，最后把人给甩了。

我们的谈话开始走邪。既然邪就让它邪吧，一个欲火中烧的男人和一个情意盎然的女人在一起，能坚持说很久的正经话么？我想我不能！

今晚，她说，如果我需要你留下，你估计会不会有另一个女人吵上门来，把你拖回家去？

我说除了楼下那辆摩托，谁也不会等我。

那就请你别走了，好么？

我想我可以不走了。杨米在呼唤我，草莓般猩红的嘴唇战栗着爱的渴求。

忍不住我就问，我好像不是你第一个男人？

是的，你不是，杨米说。她坦率得让我心动。

于是我也说，你也不是我得到的第一个……女人。

你很真实。她说。

忽然地，我看见了她眼中的泪花，如河上漂泊的马金樱，映着我目中的阳光，含笑、温柔地开放。

我们都很真实。我说。

也许板栗说得对，演员水性杨花，不可能真正爱我们个体户。我不求杨米爱我，但求我俩在一起的时候，不虚伪就够了。

我觉得我们都不虚伪。

翌日清晨，我从缤纷的美梦中醒来，发现怀里没有了杨米。一串美妙的歌声轻扬入耳，乍听以为是歌舞团广播的悠扬，仔细一听，却是杨米的歌唱。

移目寻望，杨米正背对我在阳台上练嗓。她唱的是一首西部歌曲，反复地唱了一遍又一遍，唱得很有情感，苍凉而浪漫。望着她绚丽的丰姿我就想，像这么天生丽质的歌手为什么就成不了气候呢？比起那些猩红了全中国的歌星，杨米也不差。可他们能风靡大江南北，杨米为什么就不能？

于是我咬着牙，狠狠地说杨米，你不能再埋没在这房间里了！你要走出去，到舞台上去……演唱！

她转过身来，说，我怎么走得出去？

跟我走！

跟你走？

对，我要为你办一件事。让你出名，走红。让你成为一颗……星！

你办不到。

我办得到！有钱就办得到……你很讨厌钱？

一点也不，恰恰相反！杨米说。我很喜欢。但是我不喜欢利用。我们情感相融，并不意味着你的钱就可以流入我的荷包。在经济和人格上，我们是各自独立的，对吗？

对，你说的很对，我说。我为你花钱，但我不是用来给你买金，买银，我是要使你能在大庭广众之中放声歌唱！懂吗？我们不是做……买卖！

我懂，杨米说。不过，我不明白你为什么要把钱投放在我身上？我还不是你妻子。很有可能我会抛弃你，或者，你抛弃我。

我说杨米，我能忍心看着一名天才歌星幻灭在服装箱周围，默默地当一名看守吗？

杨米纤手如藤，缠住我的脖子，说斯文，我完全懂了。

知道我想为你办一件什么事吗？我说。

向团长行贿，让她承认我的歌唱？杨米猜道。

不，我说。你想得太狭窄了。

调我走，到别的剧团去？

我摇头。

那还有什么？快说嘛。

举办“杨米演唱会”，你认为怎么样？我说。

她猛地抱住了我。

我决定要把为杨米举办演唱会的事告诉板栗，并且要问他愿不愿意帮我？无论板栗对演员如何的痛恨，他毕竟还是我的哥们。

板栗精灵如猴神通社会上很多头面人物。文艺界名家、新闻界记者、工商、税务，杨米的事，他一定能办得很出色。

我到他的巢穴去找他。

找到板栗，我立刻就说明来意。我说我那位情人杨米，想成为一名歌星，不，应该说是我想使她成为一名歌星。我要为她举办一次个人演唱会，觉得如果离开你板栗的协助，恐怕不行，所以专程跑来请你帮忙。

不帮！板栗断然拒绝。

干吗？

干吗？你嫌我哥俩已有一个人上当受骗了还不够吗？还想再搭上一个？

板栗，我说过杨米不是那种人！她绝对善良真实，绝对……爱我!

够了!板栗说。当初那女的高喊爱我的时候,也是一句比一句善良、真实。可后来怎么样?说一声拜拜就走了!

我说板栗,你对人一贯狡诈,从来就没对谁真心过,连对我有时你都还撒谎,那女演员怎么可能爱你?她是以毒攻毒,临别她还能说声拜拜就算是够尊重你了!

板栗还是不表态。

我说好吧,板栗!既然你不肯帮我,说明我们兄弟情分就算了了!斩断手足的,是你不是我。

说完我撒腿就走。

斯文你给我站住!板栗喊。我答应帮你忙还不成吗?

我们一同去见杨米。

当歌舞团那座美丽的院落兀地映现在我们眼前的时候,板栗忽然不跑了,呼唤我停,说你去把杨米唤出来吧,进那地方我会患心绞痛的。我一听,心想这小子八成是触景生情勾起他那痛苦耻辱的回忆了。

城里最华贵风雅的"香港餐厅",我将杨米引来,把已先在这里订好一桌酒菜守候的板栗吓了一跳。当我的面,他痴迷地盯着杨米,公开赞美和煽动她说,杨米,你长得很漂亮,怎么能跟斯文?

杨米笑笑,说,因为我喜欢他。

板栗又说,很高兴告诉你,斯文有性病。

杨米说,我也很高兴告诉你,斯文很……健康。

板栗黔驴技穷,煽动失败,便掉头谑我。他说斯文,你好艳福,癞蛤蟆吃上了天鹅肉。但你别高兴太早,天鹅会飞,你却不会。你要是居心不良，敢耍弄别人，我把你炖了！

我一听，仔细品着板栗的话，却不像是谑我，而是暗暗地在警告杨米。原来这家伙对演员仍然是恨犹未足，或者说他的心底，在默默地关怀我，怕我受骗。我说谢谢你的忠告，板栗。我不会耍人的，杨米也不会。

我们仨一边吃喝一边谈如何操办音乐会的事。

板栗说要想使杨米成为一颗星并不难，我看三万就够了。

三万？杨米咋舌，频频摇首，说不，三万太高昂，我不唱了！

我说杨米你要唱，一定要！三万小意思，杨米。

板栗说，三万其中一万给电视台，请他们来录像并选播精彩的曲目。还有两万用来散打，比如雇乐队、做广告等。这些也用不了多少钱，四五千就够了。最主要是要拿来买身价。

买身价？我和杨米异口同声。

对，买身价，板栗说。杨米现在没有名气，所以需要名人来给她鼓气。如果我们能请几位文艺界名家，让他们每人说上几句褒话，杨米必定身价百倍，不愁不红！

这主意不错，板栗！我说。

操办演唱会的日子里，板栗没命地替我奔跑，昼夜不停。这小子神通广大，办事伶俐，果然没让我失望。不足一个月就把一切筹措就绪了。

这一天，他气喘吁吁跑来见我，说万事俱备，只欠东风，现在剩下我帮不了忙的，就看杨米怎么唱了！

我说这你完全可以放心，杨米绝对没问题。你应该相信一只渴望飞翔和歌唱的百灵鸟，当她第一次飞向高空尽情歌唱的时候，她的歌声该会是多么的嘹亮和动听！

板栗说，那么我是可以歇一歇脚了的么？为了你这个情人，可差点没把我的腿跑断了。做好事可真累！

你罪有应得，板栗！

他挥舞毛茸茸的拳头，捶我，说，好心不得好报，我从你这里，从来就没得到过一句温暖的话。

富丽堂皇的市歌舞剧院，“杨米演唱会”如期举行了。

如雷的掌声，捧出一个美丽的人儿——杨米。

斑斓的舞台，星光闪烁，杨米是最耀眼的一颗星。千余双眼睛，凝望着她的风姿。千余颗心，期待着她的演唱！

她轻快地歌舞了，像一只翱翔的百灵，翩着轻盈的美丽的翅膀，唱着自由的爱与幸福的寻求，飞旋在星光灿烂的舞台，她苦苦迷恋的天空！

啊！今夜的星辰
熠然闪烁
向我点燃爱的火
你的爱，燃烧在我心窝
爱是不变的星辰
爱是永恒的星座
真诚的爱哟
绝不会在银河中
……坠落

她唱着，痴迷地轻柔地唱着。美妙的歌，含万种风情，如潇潇的春雨，从天空飘落，湿漉漉淋透一畦畦干渴的心田。

是晚，舞台这方璀璨的星空是属于她的！她主宰着一个小小的宇宙，呼唤风，呼唤雨，呼唤梦幻、爱情、希望。

呼唤掌声和鲜花！

这个晚会我和板栗像球场啦啦队的指挥，操纵着全体观众。我们领导着每一次鼓掌的风暴，每一次欢呼的浪潮。

是最后的一个鞠躬了，我朝板栗召来的一群狐朋狗友们使了个手势，于是，便迅速有几十簇鲜花蝴蝶般飞向舞台。

摄像机录下了这一精彩的镜头。这是一个很能使杨米神采飞扬的镜头。导演是我和板栗。事先我们两个搜遍了整个城市，采来鲜花万朵，扎成簇，布置给数十个板栗的狗腿子，言明不管杨米唱得好坏，花是一定要抛的。狗腿子们像领了圣旨，一声令下，他们果然把手中的赞美，纷纷献给杨米。

我快乐无比！

剧院里群情鼎沸，声如潮涌。那名记者，不失时机采访了艺术家们，请他们谈谈对“杨米演唱会”的观感。

记者的笔，于黑红的本子上，唰唰地飞舞……

我托着心爱的杨米，返回住处的时候，已是很深的夜晚。然而我们毫无倦意，只有成功的欢乐。

祝贺你，杨米。待到电视一捧，报纸一吹，你便彻底地红了！我说。

杨米颔首，表示信赖我的判断。

谢谢你，斯文！

我说不用谢，这是我应该做的。

杨米愕然，说这好像不是你说的话？

我说对，这是雷锋说的，你怎么给忘了？

杨米嫣然一笑，说我没忘，只是雷锋的话从你的嘴中说出来，我觉得不大对口。

为什么？

因为，雷锋绝不可能像你这样，用钱，去捧红一名歌手。他助人用的是一双清洁的手，你助人用的却是铜钱，手段不同。托你的福。斯文，你是我碰到的男人中心肝最好、最不卑鄙、最崇高的一个！

是吗？谢谢你的恭维。

相信我，斯文。我说的是实话。我……爱你，斯文。

但愿这句话，你没有对别的男人说过。

没有。

蓦地，我搂着杨米，像搂着一尊洁白完美的白玉雕塑，飘飘欲仙。

歌颂杨米的文章，是在演唱会后的第三天见报的。

这天，我在肉行里卖肉，干我屠宰的勾当，叫叫嚷嚷等着割肉的人团中，我突然听见有人议论杨米。

我们省又冒出位女歌星了，知道不？

谁？

杨米。

杨米？不知道。

今天的报纸刚吹出来的！一大版，写得真够狠！

一当上歌星，就有钱赚了。

听着小市民们像馋涎一块肥肉一样议论着杨米，我果真冲动地割下一扇肥肉，扬过头顶。嗨！我叫道，现场谁有今天的报纸？

一个驼背的老头，像幸运的阿里巴巴，拿到了我手中的肥肉。他有当天的报纸。

我打开报纸，一行醒目的标题，像一串黑色的宝珠，映入眼帘。

杨米，你大胆地往前走！

我怦然心动。一首粗犷而流行的歌曲，像一道闪电，从我的脑际，轰然滚过。

我把肉案扔给相邻的屠友看管，跑到电话亭，拨通了杨米的电话。

喂，杨米吗？我说。看到今天的报纸了吗？

看到了！感觉怎么样？

我说好啊，味道好极了。杨米，你大胆地往前走！一股芬芳地道的高粱味！

杨米在电话那头朗朗地笑，说你可别醉了。

告诉你，大街上现在正风传着你呢。你开始进入小市民的心坎啦！我说。

是吗？杨米说。那么，我可是真的要出名啦？

你已经出名了！

斯文，谢谢你！杨米突然送来这么一句。

我说，你还想让我用雷锋的常用语回答你吗？

杨米说不想。不过，我想……

你想干什么？

我想嫁给你！

开什么玩笑？你再说一遍！

我、想、嫁、给、你！

不，这不可能！请注意，你可是一块做夫人的料！

让那些浅薄的、虚荣的女人做夫人去吧！告诉你我可是只想做普通人斯文你的妻子！

我也告诉你，现在我、不、想、结、婚。

为什么？

因为，你还没有红透，我要等你像一棵苹果或草莓一般红透了，像一面星之旗招摇全中国了，有铺天的鲜花、盖地的金银了，有成千上万的男人像马蜂一样对你穷追不舍了，到时候我再向你求婚，看你还愿不愿意嫁给我？

你敢打赌吗？

对不起，我不打赌！

为什么不赌，你害怕啦？

不！我是个遵纪守法的公民，公安局禁止赌博。

杨米扑哧一笑，从电话里传来，格外悦耳。

我说你还是考虑自己该怎么脱胎换骨，重新做人。

你是不是想我应该走穴？

对，你很聪明！

走吧，杨米。你不能再犹豫了，妹妹你大胆往前走，杨米。

好，我……走。

杨米吐出她的决心的时候，一定曾狠狠咬了她雪白的牙，我想。

杨米走穴那天，是一个天高气爽的秋日。秋天是收获的季节，据说在这个季节创业的人，也会非常的走运。杨米算选对了好时令。

送她上飞机的，除了我，还有板栗。

说不清楚为什么，板栗突然地，对演员有了好感。至少，他已经不像从前那么刻骨仇恨了。当我再次找他帮忙请他替杨米觅个穴头的时候，他居然没有反对。或许，这小子学会运用辩证法分析人了。

板栗给杨米找的穴头是广州某音像公司的老板。

你终于迈出这一步了。我对杨米说。

她颔首。

你的心情一定很激动，望着杨米起伏的胸脯，我说。

是的，我很激动，杨米说，一颗心好像不是自己的了，玩命地跳。

还有门牙，像失控的锻床似的，不停地碰撞，是吧?

对，你怎么知道?

当年我退学的时候也这样，我说。

杨米嫣然一笑，像找着了同胞似的，说我以为光我有这种感受呢，原来你也同样有过。

这时，板栗突然插来一句，说发财后你可别把斯文给蹬了。

杨米说永远不会。

你凭什么证明你的话是可靠的呢？板栗说。

杨米答道，我表示我要和斯文结婚，可是他不干。

板栗掉头问我，是吗，斯文?

我说是。

你可真傻！板栗说。

我笑而不语。

此刻，宫殿一般辉煌的候机大厅喇叭响了。一个娇滴滴的女中音至少用了五种语言，呼唤旅客们登机。于是，便有许多颗风格各异的脑袋，匆忙而有序地攒动。

嗨，你们二位还有什么要告诫的吗？杨米问，我就要飞了！

板栗摇头，说没有。

你呢斯文？有吗？杨米问我。

我说有。

有，请说吧。

我说，最近偶尔看了一下报纸，有报道说歌星们特别的见钱眼开，而且偷漏税特别的多。

杨米说经济效益嘛，是吗？

我说是啊，如果你也这样，你就会更出名了。

杨米说，刚认识你的时候，你可不是这样。

我说，人是会变的。

那么，你也会变吗？

我说当然。唯一不可能变的，就是永远成不了一名歌手！我天生一副破嗓子。

哈，你可错了！杨米说。其实我们每一个人都是一名歌手。你、板栗都是，只不过你们唱的是无字无声的歌罢了！

是吗？

我惑然。仔细品着杨米的话，觉得也真是饱含哲理。我、板栗居然也各自都是一名歌手！？那么，我们必然也有自己的舞台？我们的舞台在哪？在……哪？

一团灿烂的物体飞动了，像一头会飞的鲸鱼，在海一般蔚蓝的天空遨游。杨米蜷缩在鲸鱼的肚子里，一定很闷，我想。

1989 年

# 穿过你的黑发我的手

朋友告诉我，他有一个动人的爱情故事——

时辰大约是在下半夜，歌舞团虽然没有鸡叫，但我还是醒了。溶溶的月光漫进窗口，泻在我和丽妮的身上，把我们两人的裸体，抹上浪漫的银辉。丽妮的肌肤，灿灿似玉，皑皑如雪。她睡着，像是一只浮在湖面上酣眠的天鹅。楚楚风姿，诱惑着我，我真想惊醒她的美梦，再……昏迷一次！

然而，我想该是我溜的时候了。虽然男女间的风流韵事，在歌舞团根本不算丑闻，大伙儿彼此彼此，心照不宣。比起那些身经百战的“枪手”，我只不过是情场上的一名新兵，因为丽妮的奉献，我才翻开罗曼史的第一页。但我还是想比别人多长一个心眼，我不想授人以把柄，让对手在我该提拔、晋升的时候敲我一棒，栽在桃树下。

我轻轻掰开丽妮缠在我脖子上的温柔的手臂，下了床，临走我并没有忘记把昨晚丢在地板上的烟头拿掉。我一丝痕迹也不能留下。像是一只侥幸避过夜猫的老鼠，我蹑手蹑脚溜回自己的窝。偷情的欢乐，仍在我心中汹涌澎湃。我忘不了丽妮和我欢爱的情景。我激动因为我终于在歌舞团站稳了脚跟并把歌舞团的头号美人给……征服了！

三年前，瘦削的我，艰难地打通了所有的人事关卡，如一个尚舞的精灵，钻进了市歌舞团。然而迎接我的却是一副副冰冷的面孔。我长得矮小黑瘦，在这群优异的人眼里，我只能算是一个低等动物。

在那备感自卑的时刻，我非常痛恨我的父母，生下我这么一个丑儿子，使我身临一个美人荟萃的团体的时候，简直无地自容。演员们把我的介入当作是一种轻侮，一种亵渎。他们无情地讥讽我，嘲笑我。我在调入歌舞团之前是个业余作者，正经职务是市计划生育委员会宣传员。正是这么一段简历成了美男美女们刻薄嘲讽的史料。我居然抛开《计生手册》奇妙地揽上了笔杆，从一个永远不会讨人喜欢的计划生育宣传员摇身一变成了令人艳羡的歌舞团编剧，这怎能不让一颗颗高傲的头颅，满眼血红地嫉恨呢？我就如一只土种的公鸡，混入鹤群，有谁会欣赏我嶙峋的瘦身，青睐我一身丑陋的……羽毛呢？

到歌舞团后，我几乎天天把自己关在房里，饱尝地狱的孤独和寒酸。黑窄的房间，霉气蒸腾，臭味熏天，以至于我怀疑这曾经是谁人的鸡房。我异乎寻常地忍耐，像一头忍辱负重的耕牛，除了应命给团里写些歌词外，余下的时间，我拼命地进行小说和戏剧创作。说不清流了多少汗，呕了多少血，我把精心炮制的文学品种播出去，一棵棵种活了，遍地花开。

人们终于对我刮目相看，包括那些高傲的“雌天鹅”，也不得不向我投以敬慕的眼光。先畜生后君子，我享受到了人的礼遇。我领到了新房间的钥匙、技术职称聘任书、煤炉。我接到了赴宴的邀请，看电影的邀请，跳舞的邀请。

我来了，艳福。

歌舞团的大美人丽妮摽上了我。超乎我的想象，我做梦也想不到她会青睐我这名黑小子？如果我记恨的话，当初我进歌舞团时，招呼一群人对我无情嘲讽的领袖，正是她。纵使现在我如何的才华横溢、硕果累累甚至得了诺贝尔奖，最大限度丽妮也只是会改变对我的看法而已，她绝不可能从情感或生理上………亲近我！她心比天高，我想。

我想错了。

有人敲门。

是丽妮，我想不到是她。自从我玩起小聪明在报刊上发表不少作品以来，常常有许多势利的男女演员登门，拜我做哥们，唯独没有丽妮。她仍旧是看不起我，她不会来的。

然而她来了，歌舞团最孤傲、最漂亮的小姐。

她非常的美，美得无法形容。我想找出她体貌上的瑕疵，然而我一丝也找不到。尽管，歌舞团里美女如云，并且各有千秋，你无法感觉出谁比谁更美；尽管，丽妮曾无情地羞辱过我，伤害过我的自尊心，但我还是认为，丽妮属第一号尤物。

她格外灿烂，像是从天空中飘下的一朵五色的云彩，轻盈地进入我的房门，也进入我的……心坎。

我无法仇视美丽。

“欢迎吗？”她问。

我说当然。

“我是读了你的小说以后才来的。你写得很好。”她说。

“不知你指哪一篇？”我问。

“你发表过的作品我几乎都读了。想不到你很有才气。从前我们不该奚落你，向你道歉。”

“从前，”我说，“你们对我实在是……太恶毒了。”

“我们不了解你还有这一手，谁知道你来到歌舞团干什么？我们歌舞团的计划生育可是全市最好的，从不超生。”

我说：“那你们就多生几个，我好罚你们。”

丽妮吃了一惊：“你说我们恶毒，你也不善良嘛。”

“跟你们学的。”我说。

“你是怎么进的歌舞团？”

我说：“很简单，来了那么两个人考核我，单位领导也在场，其中一个人问我你热爱计划生育工作吗？我出人意料地回答我热爱。那人说好！于是不几天调令就来了。”

丽妮说：“真是莫名其妙，却居然是这个回答改变了你的命运？”

我说：“如果是你，你怎么回答？”

丽妮说：“我肯定回答我不热爱。”

我笑笑说：“那你可错了。如果像你这么回答我，就永远别想在歌舞团逍遥了。”

“岂有此理。”

我说：“你想想他们主要是来考核我的思想品质和工作态度的，对他们的提问我能随便讲真话吗？”

丽妮似乎觉得很深刻，竖起嫣红的拇指甲，夸赞我道：“好样的，吴雨！”

丽妮接着便出手握我，恳切地说：“从前悔不该鄙视你，原谅我，好吗？”

我感觉她的手，格外的温暖。

打那以后，我成了丽妮的男朋友。当然，丽妮有一个排的男朋友，我只是其中一个。她和我在一起，仅仅是为了交流思想，学些做人的奥妙罢了。除了友好的动机，我从来不敢对她产生过任何非分之想，比如亲吻、拥抱、上床。我和她之间，纯洁得像兔毛。

终于有那么一天，我中邪了。

那天，丽妮的生日，请我。

我说我不去。

“为什么？”

我说凡是有人请我去过生日，就头晕。

“真的？”

我说：“是真的。说起来这得怪我的父母，他们太不负责任了，连儿子的生日也记不清。所以现在凡是别人过生日，我就拼命去想我到底生在哪一天？就头晕。”

“你骗人，我不信！”

“总之，我不去。”

“你不来，我会感到很孤单的。”

“你不是还有一群招之即来、挥之即去的男朋友吗？”我说。我想我分明是吃醋了，才不想去的。

丽妮说：“我不请他们。”

“为什么？”

“因为，我知道你讨厌他们，不愿和他们在一起。”

丽妮的敏锐吓了我一跳，我忙掩饰说：“你错了，我很喜欢他们。他们有钱、有权、有貌。对富贵的人，你说谁能不喜欢呢？难道你不是这样吗，丽妮？”

好心的丽妮，反被我咬了一口，伤心得想哭。“你真的……不想来吗？”

于心不忍，我说我来。

我想我至少得买一件礼物，送给丽妮。于是跑到市里一家工艺美术店，花十块钱买下了存在主义哲学大师萨特的“头颅”，我很崇拜他。但愿丽妮不把他的头砸烂。

丽妮的房门，早已经为我开着。见我终于来了，她非常高兴，桌子上摆着一只大蛋糕，红烛林立。看来她一切备妥，单等我的祝福了。我把萨特的头交给她。我说我很想买一条金项链送给你，可惜我没有钱。想买一束鲜花嘛，你已经很美丽了。想来想去，还是买一颗哲学家的头送给你，他又便宜又有思想，衷心祝愿你的头颅，也像萨特一样深邃，迸出生命的火花！

丽妮听了我这番圆滑的祝词，竟然很受感动。

丽妮一鼓作气，吹灭了一支支象征着生命的烛火，显得格外的兴奋。

我举起酒杯，来，祝你生日快乐，干杯！

“就这么一句？”丽妮手搁着没有响应，她嫌我说得太少。

“祝你永远年轻，永远……美丽！”

“我不听这些。”

“那你希望我说些什么？

她动人的大眼一闪：“我希望你……吻我。”

“你说什么？”我想我肯定听错了。

“我希望你……吻我。”

“不，”我说，“这是外国的祝福方式。”

“别拒绝我，”丽妮的眼睛，满含着真诚的渴求，“吻我一下，好吗？”

缓缓地我走到丽妮的身边，轻轻地把她拉起，我装得非常的神圣和纯洁，吻她的额头。

她倒在了我的怀里，抱住我不放。

在一个有着火山一样热情的美女面前，我再也无法冷静和虚伪。

我成了疯子。

凡一平你一定觉得我这段回味太长了是不是？可是没有这一段，我说我和歌舞团头号美人搞上了，你一定不信。现在你信了吧，哥们？

生日那晚，丽妮把我留了下来，向我敞开女人的全部。我发了疯似的吻她，像贪财的苦汉子猛然抓住了一堆白银，死不放手。我饮她唇上的甘甜、乳上的馨香。我吸、我咬、我喘、我摔、我踢、我蹬，我……快、乐、无、比！

如果说多年来我一直在拼命地去追忆自己的生日而毫无结果的话，那么说在丽妮向我奉献美丽的时候我终于记住了。

二十六年前，我就出生在丽妮生日的那天晚上。那晚，我重获新生。

此后，我经常在万籁俱寂的时候钻进丽妮的房间，尽情地欢爱。我的胸中像一口永不干涸的水井，有着泄不完的情，流不尽的爱。然而，天不亮我就溜了，像鼠一样地窜回。我不想公开我和丽妮的秘密。追求她的男人实在是太多了，如果让那些发情的公子哥儿知道我占了便宜，他们会剐了我。我只好溜。

我已经溜成了习惯。

我又溜了。开头我说过的，我溜回自己的房间还想着丽妮，回味和她欢爱的情景，毫无睡意。我一直兴奋到“东方露出鱼肚白”，才静下心来。我想我应该干正经的事了。

我看了桌上的日历，心想必须把剧本给电视台导演刘子星送去了，今天是最迟的期限。十天之前，他看中了我写的一部三集电视剧本，跑到歌舞团找我，决心要拍，就是嫌太短了。扩成六集怎么样？他问我。我知道他是想多卖钱，不过我也能多捞点稿费，何乐而不为呢？我说当然可以。他给十天时间，依我的写作速度，够充裕的了。如果晚上不耽误，我五天就能搞好。因为丽妮，我每天只能写八小时。不过总算如期完成了。

我把臃肿的手稿卷成一团，捆好，塞进一个提包。正要出门去，却有人敲门了，是蔡小成。歌舞团的舞蹈演员，除了一副躯壳，别无可取。歌舞团的演员们，似乎都这样。

我当然还是很礼貌地请他进屋，十分尊重他的样子。我一贯笑脸当头，所以在歌舞团我谁也不得罪。蔡小成每次见我都吴哥长吴哥短地叫，他挺敬佩我。

“吴哥，你好。”

“你好。”

“昨晚我来过一次了，你不在。”

我吓了一跳：“知道我去哪吗？”

蔡小成摇摇头。

我说我到宾馆去和一个多年不见的朋友聊天，回来晚了。

“我想请你帮个忙。”

“很乐意为你效劳。”我说。

“请你帮我写一封……那个。”

我一听就知道蔡小成肯定是来找我替他写情书的，我经常替歌舞团的男演员们写情书，虽然这些天之骄子们在很多方面得心应手，但肚里的墨水没有几滴，若想要写起情书来，却不得不求助于我。他们向自己新搞上的女人发出去的一封封热情洋溢、文采斐然的求爱信，大多出自我的手笔，我写起情书来甚至比写小说还要在行，主顾们都夸我写得好，纷纷反映他们的情人读了，无不心惊肉跳，趋之若鹜。我因此成了歌舞团的写情书专业户。而且我写情书有个特点，写给谁？我是从不过问的，由主顾们自己填上。我写的是万能情书，写给谁都能适用、奏效。

“是情书吗？”我问。

蔡小成点点头。我说我替你写。

“谢谢。”蔡小成说。当即从腋窝下抽出一条“希尔顿”，塞给我。

我说这是我的义务，你客气什么？

蔡小成说我要你写得特别的好。

“特别的好？”

“对。她不是一般的姑娘，所以……”

“所以你送我一条‘希尔顿’？”

蔡小成嘿嘿傻笑。

我说：“好吧，满足你的要求。不过，我可得破例问一句了，写给谁呀？”

蔡小成说出一个芬芳的名字：“丽妮。”

“丽妮？”

“丽妮。”

“有……把握吗？”

“那就看吴哥你这支笔了。”

蔡小成竟然把希望寄托在我身上？写给丽妮？这不等于鼓舞别人去夺走自己的情人吗？真是他妈的大水冲了龙王庙。我想我这写情书专业户该收摊了。

“这封信非同小可，”我说，“你让我认真想一想，好吗？”

蔡小成说可以，痴痴地退了。

我心里却什么滋味都不是。与其替蔡小成写这封情书，我宁可得一场阑尾炎！怨归怨，情书还是要写的，如果我不想得罪蔡小成的话。不过我得先把剧本送出去。

我骑着自行车上路，前往导演刘子星给我指定的地址古桥路民和街爪子胡同 17 号，我好不容易才找到这个地址，正欲敲门的时候，我听见一声娇滴滴的“拜拜”，急忙退避三舍。远远，我看见一名绰约女子，出得门来，飘然而去。这漂亮的女人是？我敢肯定她绝不是刘子星的老婆。一路上我曾想，身份显赫的刘子星为什么要到距电视台数里之遥的胡同里住呢？现在总算有了答案，狡兔有三窟，刘子星也不止一个。

我还想我至少得在胡同里溜达上十分钟才可以敲他的门。如果我动作太早，刘子星一定会怀疑我发现了他的隐私，会对我不“感冒”。

我想象那名女子已经走上街头而且刘子星也该把房里收拾干净了，才敢敲门。

满脸络腮胡子的刘子星热情地欢迎了我。“我盼了你很久。”他说。

我说我脑子钝，写得很慢，昨夜才完稿。

“拿来了吗？”

“拿来了。”我说，从提包里抽出稿件，交给他。刘子星把我撇在一边，漫不经心地读下去。

我一看他过目十行，纸页像炒菜一般翻动，心里就纳闷，不知道他想搞什么鬼。

不到一个小时，刘子星就读完了六集电视连续剧本。他说小吴啊，剧你是拉够六集了，可是结构太松散了，人物也不够丰满。你看你还有没有能力再修改一遍？

我一听就知道这家伙在算计我，想揩我剧本的油水了。可我有什么办法？生杀大权在人家手心攥着。让他揩吧，只要剧本成活，我牺牲又何妨？主意打定，我遂作困惑状，说刘导演说得对，剧本比较稚嫩。可我费了全部劲才拉成这个样子的呀，再改，我实在是没有能力了。求求你，刘导演，请你助一臂之力，和我……合作吧？

刘子星说不行不行，我怎么能索取别人的劳动成果呢？

社会舆论不好！

我听罢，知道他是假推辞，就装着气愤地说这怎么能叫“索取”呢？既然是合作，其中就有你付出的劳动嘛。请你相信我，我决无三心二意，求你定了！说毕，我扯过剧本，把刘子星的名字，标在了我的前头。

刘子星说既然你这么强求我，我只好服从了。遂和我握手，焊得很紧，很紧。“拍定了？”我问。

“拍定了！”他说。

步出爪子胡同17号，我就像被人剁了一般，便另找了一个隔音的胡同，狠狠骂了刘子星半天。

我回到歌舞团，已是中午，便取了碗去食堂打饭。丽妮、蔡小成他们都已经在那里吃上了。蔡小成招呼了我一声：“吴哥！”我没有答应，领了饭菜，独自找一个角落，默默地吃。吃不到两口，蔡小成巴结过来了，跟着的是丽妮。

蔡小成说：“吴哥，你脸色不好，是不是病了？”

我说：“心疼。”

蔡小成笨，不会听水底话，以为我真的病了，忙说：“这可不得了，吴哥，吃完饭我送你上医院！”

还是丽妮灵水，啐了他一句：“笨蛋！”

丽妮看我的碗里，只有清一色的芸豆角，就问怎么只是青菜？

我说来晚了。

丽妮便从自己的菜，挑了几块鸡肉给我。蔡小成也同样效仿，他给我的是排骨。我都没有拒绝，但饭吃完了，鸡肉还剩着。丽妮一双美丽的眼睛望着我，伤情得滴下泪来。她掏出手帕，终于没有往眼睛上擦，在嘴边抹开了。

“你到我房里来。”丽妮几乎是命令我。蔡小成在场自然也听到了，我进退两难，去还是不去？我还是想去。

我说：“白天当然是可以去啰，你说是不是呀，蔡小成？”

我一句话就把我和丽妮的关系说清白了，好像我和丽妮之间非常纯洁，最起码蔡小成这么认为。

进了房门丽妮劈头就问：“我给你的鸡肉，为什么不吃？”

我说我接受了，可我不能吃。

“为什么？”

“我想做个好人。”

“做好人？”

“对。我不能得罪蔡小成，如果我把鸡肉吃了，他会很伤心的。他非常爱你。”

丽妮说：“可你不吃我就不伤心吗？”

我说：“我想到背人的地方，再吃。”

丽妮破涕为笑，说：“你现在就吃，我监督你吃。”

于是我把丽妮赠送的鸡肉吃了。

丽妮说：“看你愁眉苦脸的，出了什么事？”

我说我把剧本给刘导演送去了。

“怎么样？”

“他让我再改。”

“那你再改就是了，只要有一丝希望，你都不要泄气。”

“我改了。”

“改了？有这么快？”

“我只添了三个字。”

“他满意不？”

“他很满意。”

“那你还有什么可愁的？高兴还来不及哩。”

“我恨不得扒了他的皮。你知道我添的是三个什么字吗？刘、子、星！”

丽妮一听，目瞪口呆。“怎么能……这样？”

“我有什么办法？权在他手中，说毙就毙，说活就活。”

丽妮说：“也是。只要能拍就好。要达到什么，我们总得付些……什么。”

丽妮的话竟也让我感觉出些哲理来。我说：“是啊，要奋斗就会有牺牲。”

聊了一会，我说我该走了。

丽妮抱住我，不让走。

我说我还得去给你写情书哩。

“情书？”丽妮懵了，“你会给我写情书？你根本不爱我！”

我说：“蔡小成爱你，他请我写的。”

“有这种事？”丽妮简直不敢相信。

我说：“当然有啦。我是歌舞团的写情书专业户你还不知道？男演员们写情书都来求我。”

丽妮当即从抽屉里取出几封来自歌舞团的情书交给我，问道：“是你的杰作吗？”

我看了看，点点头说：“正是在下的手笔。”

“真见鬼，怪不得写得那么好！”丽妮说。

“你感动啦？”

“差点，”丽妮说，“我要是感动了你一定很高兴，是吗？”

“鬼才高兴。”我说。

“可你还要替蔡小成写呢。好意思？”

我说人家有求于我，我怎么能不帮呢？每个人都有爱的权利，我不能阻止蔡小成爱你。他爱你，情感是真的，只是词不达意，才请我帮忙。尽管我是多么的不愿意，可我还是得写。再说，我已经收了他的礼了。

“我知道你好心肠，”丽妮说，“蔡小成爱我，可我能爱他吗？我的心只属于你一个人。告诉蔡小成，让他死心吧。”

我说：“那我劝劝他。可是万一他非要我写不可，我只好写了。你读了信后，别感动就是了。”

丽妮水汪汪的眼睛望着我，说：“知道是你写的，我能不感动吗？”

我的心一震，望着她柔情的目光、草莓般的嘴唇和闪烁在薄裙下起伏的胸脯，我像是喝了鹿血，亢奋不已。

我上了丽妮的床。

两点差一刻，午休的起床铃尚未拉响，我回到自己的房间。想好好睡上一觉，刚躺下一会，蔡小成来了。他来催我写情书。

“吴哥，写好了没有？”

我摇摇头。

“你不肯……帮我？”

“不是。”我说。

“那为什么？

“蔡弟，有一句话，我不得不问问你。你真的爱丽妮吗？”

“是的，我爱她。”

“爱她什么？”

“爱她美，爱她……我说不出来，反正爱就是爱。”

“蔡弟，你相信不相信我的话？”

“相信。”

“为什么相信？”

“你的话准呗。那鸭屁股的事，你简直神了。”

蔡小成提起鸭屁股的事，我想了起来。原来，蔡小成曾经有过一年多不上舞台演出，每次分角色总没有他的份。蔡小成想不通到底是为什么，苦恼极了，便来找我。我说以后你注意，每次会餐你别抢着吃鸭屁股就是了，保证你能上台。蔡小成照我的话去做，每次会餐再也不抢鸭屁股吃了。不久，蔡小成果然分到了角色，上台演出了。他莫名其妙，不明白鸭屁股与上角色有什么关系？问我，我只是笑而不答。

“天机不可泄也。”我说。

原来，歌舞团里除了蔡小成，还有一个嗜好吃鸭屁股的人。每次会餐，这个人常常盯着捷足先登把鸭屁股搜罗了去的蔡小成，流露出不易觉察的谗涎和气愤。蔡小成理所当然遭到了报复。这个小小的隐秘，让我窥破了。当然我是不会说出来的，因为这另一个爱吃鸭屁股的人，就是我的顶头上司团长。我不说破这个秘密，既挽救了蔡小成，又保护了团长。但从此，蔡小成对我感激不尽，言听计从。事隔一年了，他还念起。

“我说你既然相信我，我劝你一句，好吗？”

“好。”

“情书如果是要写，你还是寄给别的姑娘吧。不要给丽妮。”

“为什么？”

“我把情书写得再好，丽妮也不会爱你。”

“你怎么知道丽妮不会爱我？”

“凭感觉，”我说，“就像那次我劝你别再抢吃鸭屁股一样，听我的话没错。别打丽妮的主意，好吗？”

“我听吴哥的。”

蔡小成默默地走了。走得很怆然，很……酸楚。

虽然了却了情书的债务，我的心却反而更加的沉重。我为什么要劝阻蔡小成向丽妮表白呢？这是他的权利。尽管丽妮不会爱他，但总必须允许他爱丽妮吧。爱人而不被人爱，是两码事。我插什么杠？

爱情啊！

刘子星跑来歌舞团，把剧本交给我。我看到的已经是分镜头剧本了，但内容完好无损，就说刘导演不愧是大手笔，这么快就改好了，我很满意。

刘子星说哪里哪里，我弄惯了电视剧，熟道一些罢了。主要还是依靠你的才气。

就这样恭维了几分钟后，刘子星说：“我这次来歌舞团，除了给你看剧本外，还有两个目的。其一，这部连续剧我是独立制片，一切都由我自己个儿包了。拍成后还得给电视台两万。我预算了一下，拍成这部片子至少得十五万，现在银行只给贷款七万，还差八万，我正到处找钱，得的还不多。你要是有关系，能不能也跑一跑，替片子拉赞助？多多益善，从中回扣百分之二十给你。剧本的稿酬照付，怎么样？”

我一听就想刘子星这回肯定大捞了。集编剧、导演、制片三任于一身，不肥出油才怪。十五万，听起来很吓人很冒险，其实刘子星打的却是如意算盘，拉赞助是不容易，可拉得了赞助就等于白拿，如果拉得八万，他只消花上七万就把片子拍成了。片子拍成后，卖版权至少要上二十万，扣除银行贷款和上缴电视台的利润，他起码赚十万！一只老谋深算的猴子。

“争取吧。”我说。尽管我无比嫉恨眼前这只刁滑的狼猴，但我不否认那百分之二十的回扣在诱惑着我。我还没彩电，没冰箱，没老婆。努力地跑跑，或许一切都有了。

刘子星说：“看你的了。”

“其二呢？”我问。

刘子星说：“其二，你算是歌舞团的老猫了，又是作者，你感觉能不能在你们这里找到扮演主角的演员？”

我说：“这里的演员，素质普遍都低，当然我指的是气质。他们的形体都很不错，就是缺乏内在的气韵。演群众可以，演主角恐怕不行。”

刘子星说：“这就很困难。”

我说：“你不可以到外地去找吗？我看 S 影的周 × 和 G 省话剧团的朱 × 就很不错（注：为避免多打官司，笔者省略人各地名）。”

刘子星说：“你颇有眼力，我也是看中了这两个家伙，还跟他俩打过招呼，可这对男女摆明星架子要价太高，开口就是两万，养不起呀。所以能就地取材最好，稍欠缺不要紧，只要人机灵，我们可以磨。”

“既然你这么说，我向你推荐一个人，”我说，“或许她能演女主角。”

“谁？”

“张丽妮。”

“够水灵不？”

“是的，她很聪明。”

“那好。”

“想见见她吗？”

刘子星说：“不急，你先把本给她看，然后我再和她谈。现在的关键，是筹集拍片资金，选演员倒在其次。但如果在本地实在找不到理想的男女主角，只好请外省那两个了，再穷，也要把片子拍好，养不起也得养！”

刘子星的艺术良心总算还没有全部喂狗，我想。

刘子星一走，我便去找丽妮。我想把剧本给她看，或许因为我的推荐，她真的能演上女主角，这样她才不枉和我相好一场，我也会感到心理平衡些。我总不能让丽妮白白喜欢我而什么也得不到。

丽妮的房间传出两个人的声音，一男一女。女的我听得出是丽妮，男的我不清楚是谁。一男一女在一起，我当然不敢敲门，想走，但丽妮和男子的对话又把我拖住。

“我调查过了，你跟上了那姓吴的小子，他算老几，啊？居然抢走了我的人？”

“我不许你骂他！他是不比你有钱，不比你有貌有地位，可是他才学超你一万倍！我和你的事完了，你不要来缠我，走吧！”

“你还会是我的，等着瞧吧。”

我想躲，门已经开了。

男子站在我的面前，他的声音陌生，面孔可不陌生。我记得在丽妮没有投入我怀抱之前，没少过一日不搂着丽妮进出歌舞团的男人，正是这个混蛋。我同样也调查过，这混蛋是市长的公子，叫林军。他也不过如我二十五六的年纪，却已经当上了处长，春风得意。

我尽管无比痛恨我先前的情敌，但还是做出了让步。适才遭受的骂就当作没听见，放林军过去。

林军不想放过我，他“呸”朝地上吐了一口唾沫。

我火了，却还不想动手，我说：“算你走运，你没有把唾沫吐在我身上，不然我揍扁了你！”

林军不甘示弱：“臭小子你敢？”

这下我不客气了，丢开剧本，新仇旧恨凝聚在拳头，大打出手。

三拳过后，林军倒在丽妮房里，捂着牙。

我恨犹未尽，指着林军，怒道：“你以为你有钱有权有势我就不敢揍你？我穷，我臭，我丑，是不是？你不过仗着你老子的一张虎皮，今天我不让你过我的胯下，算是够尊重你了。”

林军爬起来，虽然不敢顶嘴，但目光火凶，大有决不善罢甘休后会有期之势。

我赶紧再来一次下马威，斥道：“王八蛋你听着如果你敢到公安局找我的麻烦，我就联络新闻界在报纸上扒你的皮！”

林军的两只豹眼这才敛了些杀气，夹屁股走了。

我才渐渐地不发哮喘。

丽妮却慌了神。林军走后，她抓着我的手，说：“你怎么敢……打他？”

我余恨未消，又生妒火。我摔开她，说：“我为什么打他不得？就因为他是市长的儿子吗？可他侮辱了我的人格！我打他，你心疼了是不是？如果你以为我在为一个女人争风吃醋那可就错了，我可不想成为任何人的情敌！”说完我捡起丢在地上的剧本，撒腿就走。

一个意想不到的声音却突然在我身后响起：“吴雨，我……爱你！”

我站住了。这声音是那么的真诚，那么的……哀苦。我觉得如果不把剧本交给她，那简直太残忍了。

我把剧本递给丽妮，说：“电视剧已经开始筹拍了，刘导来找过我，想物色些演员，我推荐了你。你认真读一读剧本，看看能不能演……女主角。”

“女……主角？”

“是的。”

“你说我能演吗？”

“我想……你能。”

“刚才的事，都怪我不好。我不该交很多的朋友。”

“你交多少的朋友，我都不反对。我也不想惹是生非，但如果谁侮辱了我，我必须捍卫自己的尊严。”

“但愿你那几拳能把林军打得服帖，他可是一只虎。你会遭到报复的。”

“但愿不会。”

“今晚，你来吗？”

“今晚，我不打扰你了”。

“拜拜！”

“拜拜。”

第二天一大早，丽妮兴冲冲提着剧本来吵醒我。

“我一夜没睡。”她说。

“一夜没睡也值得向我报告？我经常失眠告诉过你吗？”

“我是说我读了一夜的剧本。”

“感觉如何？”

“我是流着泪读完的。”

“是吗？”我说。丽妮的眼睛，确实有泪痕，看来她真的动了感情。一部兑了许多水分的六集电视连续剧，居然还能使人掉下泪来，实在是超乎我的指望。

“带我去找导演，好吗？我要演主角！”丽妮说。

“我还有个重要的使命,不能陪你去了。你自己去找他吧，我给你地址。”我说，“古桥路民和街爪子胡同17号。”

“我要你陪我去嘛。”

丽妮向我发嗲，我也没有答应她。我说：“实在抱歉。如果不完成这个使命，电视就拍不成了。”

“有这么严重？”

“当然。”

“什么使命？”

“弄钱。”我说。

我戴着刘子星赐给我的制片助理的头衔，开始拜佛。

我首先想到的是我的发祥地……市计划生育委员会。

看到市计划生育委员会猩红的招牌，我就像是看到了外婆家，格外亲切。一九八四年我大学毕业，在人事局等候“宣判”。一个老头征求我的意见，小伙子你愿干什么工作呀？我说本人擅长抄抄写写，你让我搞这行吧。我以为通俗地这么一说，老头会把我分配到文化部门。岂料他大笔一挥，我被分到了计划生育委员会，当宣传员。那时计划生育委员会刚刚建立，还没有楼，办公的房子像个工棚。主任给我的第一个任务便是制做招牌：“咱们虽然设施简陋，却不能没有招牌。先把牌号响当当地打出去，长长威风再说！”于是我使出浑身匠气，制了一块规格仅次于市政府的牌子，在震耳欲聋的鞭炮轰鸣声中，悬挂了出去。

几年过去了，高楼拔地，花草葱茏，可我亲手制做的招牌还在，猩红我的目光。

我去找主任。

主任还是原来的主任。他在这个位子上坐了这么久，居然还不能提升，我感到很奇怪。依他的才干，早应该坐副市长的交椅了，却依然在老位子待着，人也快成老主任了。

主任见了我，还是很高兴，称我是作家。“你现在大有成就啰，”主任说，“看到你在报刊上一篇一篇地发作品，我很得意，你是从我这里出去的嘛。”

我说：“是的是的，非常感谢主任大恩大德，放我出去。”

“你该不是回来看我的吧？”

我说：“不是，我以为你……升了？”

主任摇摇头，狠狠地叹了一声“不好混啊”！

我说：“主任，你要保重身体，留得青山在，不怕没柴烧。”

主任又是重重地叹：“老啰。”

我顿时感到悲哀。我想主任的精神，已不比从前。

“你来，为什么事？”主任问。

我说：“我写了个电视连续剧，要拍了。”

主任说：“好哇！”

“资金不够，想……”

主任一听，就点着我的额头，说：“你呀，好不容易回一趟家却是跟老子要钱来了，是不是？”

我憨笑。

“没门！”主任说。

主任虽然一口回绝，我听了并不灰心。他的脾性我太清楚了，别看他嘴巴钢硬，却有一副软心肠。我说主任呀，我不是无缘无故向你伸手的，这部电视剧有计划生育内容呢。

“是吗？”

“当然啦，”我说，“我干这么多年计划生育工作，电视剧里怎么能没有自己熟悉的生活呢？我是歌颂计划生育好啊！”

我滔滔不绝说了一通，主任心动了。“我跟副手们商量商量。”他说。

我说主任堂堂第一把手，计生委的元老，从创建计生委到现在，哪一样不是你亲手操办起来的，还用得着跟他们商量吗？万把元的小事你还是做得了主吧？

主任被我这一将，血冒了，当场拍板说给我一万。

我真想亲他一口。

我把剧组的银行账号给了主任。

走出主任办公室，我开始忏悔。主任是那么真诚地待我，而我对他的却只有欺诈。什么计划生育内容？纯属扯淡！我写的是一个遥远的年代发生的故事，那时候马寅初先生还没有写《新人口论》。可我为什么要搬出计划生育来诈人呢？不就是为了哄诱出一万元人民币吗？为了一万元人民币我的良心哪去了？道德哪去了？真诚……哪去了？

忏悔归忏悔，忏悔得不到赞助，得不到彩电、冰箱，得不到……老婆。我还得接着干。

下午，我跑全市最大的工厂——红河机械厂。这家工厂原属二机部管辖的兵工厂，实力相当雄厚，归属地方建制后，这几年致力于家用电器生产，财源滚滚，要出万把两万的赞助费，实在是九牛一毛。就怕他们是铁公鸡。

我找厂长直接谈了拍片的困难并说明来意。厂长听了一直未表态。我又想起哄主任的那套方法来。我说厂长，这部电视连续剧也有反映机械工人生活的场面，比如……

我还未说完，厂长开口了，他说：“有没有这方面的内容倒无所谓，关心和支持文艺事业我们也有义务，不过……

他这么一说，我想我必须放血了。我必须放血，但现在是在办公室，我的血还存在银行，一时也献不出来。

我说厂长，我知道你很忙，现在打扰你不是时候。你能不能把住址留给我，晚上我想到你家去聊聊，可以吗？

厂长说：“可以，不过……你一个人来吗？”

我说：“一个人。”

厂长说：“好，你来吧。

我说我七点来。

厂长说：“七点不是不太早了点？八点怎么样？”

我说："好。"

晚上，我把两千元现金用报纸包好，正想含蓄地写上什么暗示暗示。恰好报纸上有个新闻标题为"小朋友拾金不昧，两千元巨款归还失主"。我就在"两千元"下面划了一道长红杠，依厂长的精明度，完全能够意会。

进了厂长家门，坐下后我把纸包递给他。我说厂长可能不记得了吧？今天下午我离开你办公室的时候，借了本资料，现在还给你。

厂长接过纸包，只瞄上一眼就很热情地和我"聊"了，他狗一般的敏感程度使我自愧弗如，暗叹不已。

但这铁公鸡只许诺赞助一万。

一万就一万吧，我想，多亏刘子星给百分之二十，我总算没有蚀本。

离开厂长家，夜色正浓，我忽然想起一位同学的话来："你想干一件惊心动魄的事情吗？请选择黑夜。"

天下乌鸦一般黑，我若再想拉赞助的话，必须学狐狸昼伏夜出了。

遗憾的是，我没钱了，一年到头挑灯苦写攒下的稿费，都入了别人的账户。

我找蔡小成借，我知道他有钱，他老子开了一家饭店，富得很。

蔡小成并不因为情书的事而怨恨我，听说我要借钱，二话不说就从枕头底下捡出一本存折来，说："拿去吧，取多少都可以。"

我说只要五千。

“五千？”蔡小成疑惑道，他想不到我会借这么多，尽管五千对他来说是小数目。

“对，五千。”

“干嘛？”

我干脆说：“找路子。

“你想做官了吗？”

“不，我想捞钱。”

“捞钱？”

“知道钓鱼吗？”我说，“如果没有诱饵，鱼能上钓吗？”

蔡小成似懂非懂。

“明说了吧，”我说，“我写的电视剧要拍了。资金不足，导演让我去拉赞助。可是要拉得赞助必须先得给赞助单位的头儿意思意思。这叫欲报李，先投桃。”

蔡小成说：“我明白了。为了你的电视剧，去吧，吴哥。”

我把五千人民币分成五包，统统在满天鸦色的时间里抛出去。哪个马儿不吃草，哪个螺蛳不吃泥？

我运气很好，又拉得五家各一万元的赞助。

我去见主儿刘子星。

古桥路民和街爪子胡同17号，我敲了很久的门，刘子星终于露出脸孔。

丽妮在里面！

她已经坐着，在系着衣服的最后一颗纽扣，头发还没有梳。一切都是那么的不言而喻。假如我嗅觉像狗一般灵敏的话，我至少还可以闻到丽妮身上男人的气味。她显然刚刚沐浴一场风流雨，在雨中有迷狂骚人的情欲。那位享尽雨露芬芳的快活的神仙，必是刘子星无疑了——这位风月场上的老手今天是又大显身手了，天鹅般高贵的丽妮不知是成了他的第几十几个猎物！我在想丽妮起初要我陪她来见刘子星的时候我没有来，是不是一个很大的错误？

刘子星首先开口，说："女主角定了，就由丽妮来演。"

我说："好，很好，我推荐的人，挺不错吧？"

刘子星说："记得我曾说过你颇有眼力。"

"如果你需要的话，我还可以推荐几个。"我说。

"现在我需要的是男主角。"刘子星说。

"我说那我可就无能为力了。"

"赞助的事，有眉目啦？"刘子星问。

我说："我是专门为这事来的。"

"怎么样？"

"妥了。"

刘子星大悦："多少？"

"八万，"我说，"我已经把账号都给他们了，这两天就汇到。你注意一下。"

"太棒了，吴雨！"刘子星那激动劲，差点亲了丽妮，幸亏我在场。

看着刘子星满脸络腮胡的豺狼样，我想我不能牺牲得太惨。我说："这八万能拿到，我破血了七千人民币，你看着办吧！"

刘子星说："吴老弟，你放心就是了，我不会让你吃亏的。"

我说："好。那我走了。"

丽妮立起身子："我也走。"

步出刘子星的狼窝，我又想找一个隔音的胡同，狠狠地骂上一顿。丽妮跟上我。

"干嘛不理人？"

"你应该清楚！"

"就因为我跟导演睡了一觉吗？"

"你这一觉，睡得可真香啊！"

"我要演主角。"

"演一个主角值得你用肉体去交换吗？"

"我要成名，因而我必须付出。"

"可你说过你……爱我？"

"是的，我说过。"

"这句话你是说出来骗小孩的吗？"

"我真心爱你。"

"可你一面高喊爱我，一面却去跟别的男人睡觉？！"

"吴雨，我可以把我的整个心灵给你可我还不能把肉体都……给你。我想成就事业然而我是个女人！女人，懂吗？吴雨，请相信我爱你的真实。可爱，不仅仅限于肉体的形式。我用心爱你。"

"让你的爱见鬼去吧！"

我火冒三丈，跳上自行车，奔出爪子胡同。

"吴雨……"

丽妮在身后唤我，我再也不想见她，把自行车蹬得飞快。

我把我锁在房里，任丽妮千呼万唤也决不开门，借酒把自己活活地浇得死醉，醉了两天。

第三天，房门被敲得实在猛烈，是刘子星敲的。

我开了。丽妮才得以跟着刘子星走了进来。

刘子星张口问道：“怎么搞的，赞助一分也没有收到？”

我吃了一惊：“照理应该汇到了的呀？”

“是呀，”刘子星说，“会不会出了什么问题？”

我说：“不会，我都跟他们谈定了的。”

“你保证他们就不会变卦？”

“我说我几乎给了他们每人一千，数目不小了变什么卦？”

刘子星说：“你呀，聪明过头了。他们怎么不能变卦？难道他们写收条给你了？把支票给你了？别说给一千，给一万他们也不会承认！”

我慌了，可我还是不肯相信：“不！”

刘子星说：“别做梦了，再去找他们吧，看看是怎么回事？”

一旁的丽妮忽然喃喃自语：“我知道是谁干的了，我找他去！”

“谁？”刘子星问。

丽妮不答，急匆匆走了出去。

刘子星撂下一句话，也走了。“吴老弟，如果没有这八万，我们只有砍掉三集了。”他说。

我骨头像散了架子，完了，我想。八万元赞助得不到就算了，电视剧拍不成也算了，我整整失去七千元人民币可要命啊！七千元，我上哪要去？

内忧外患，我病倒了。

是蔡小成把我送进了医院。吊了两天两夜的葡萄糖，他一直守着我，寸步不离。

“蔡弟，你对我这么关心，我真不知道该如何感谢你才好。”

“吴雨，我们是兄弟，不说这些。”

“不，无论如何，我都要报答你，”我说，“我一定非要导演答应让你在电视剧中演个角色不可，不然我捅他篓子！”

“吴哥，你不要强求他，我这傻样，怎么演得电视剧？”

我说：“你是我患难之际唯一守在我身边的朋友，就是导演要把我电视剧的署名去掉为条件，我也要让你演。”

蔡小成眼圈红了，说：“吴哥，你这么重义气，那五千块钱，我不要你还了，算作我赞助吧。”

“不，”我说，“角色你要演，但五千元钱我就是把血卖尽了，也一定还你！”从调来歌舞团混到现在，我总算说了这么一句斩钉截铁的人话。

蔡小成伏在我的胸口上，呜呜大哭。

丽妮来了。

就像她第一次进我的房间时那样，她仍然像朵彩云，美不胜收。我注意到她的眼睛泛着两个泪湖，却不知道她是为谁哀伤?

“吴雨，原谅我，”她说，“这两天我不在歌舞团，我不知道你……病了。”

蔡小成说：“吴哥是操劳过度，累倒的。现在基本好了。”

丽妮白了蔡小成一眼，说：“我想和吴雨单独在一起。”

蔡小成站了起来。

我说蔡弟你别走!

蔡小成已经走了，默默地离开病房。

我大喊大叫蔡小成守了我两天两夜你为什么赶他走? 快去把人给我请回来!

丽妮痛哭失声:“我错了，我这就去……请他。”

“算了。”我说。

丽妮伏在我的胸口，咬着我的衬衣，哀哀地哭。

“这两天你干什么去了?”

“找他。”丽妮说。

“谁?”

“林军。”

“你找这坏蛋干什么?”

“卡赞助费的事是他干的。”

“他怎么知道我拉赞助?”

“自从你打了他以后，他时时刻刻都派人盯你的梢，寻机报复你。你跑哪一家拉赞助，他都知道。给这些单位的头儿打一个电话过去，赞助的事自然就黄了。”

林军你这狼羔子! 我咬牙切齿，气炸胸膛。我后悔当初我的拳头出手为什么不能再狠一些呢? 他反咬我这一口，好惨哟!

“我是为赞助的事找他的。”丽妮说。

“我求他了。他答应同意那些单位出赞助了，并当我的面给各家头儿打的电话。我和他……为了电视剧，也为了你。我爱你，可我已经不配，只求你跟我说一声心里话，你爱过我吗？”

望着泪人似的丽妮，真诚美丽的丽妮，可悲可怜可敬可恨可爱的……丽妮，我还能说什么呢？

我说：“将来，如果你打算结婚的话，请嫁给我！”

凡一平你觉得我这段风流故事怎么样？够罗曼蒂克吧？你是不是还想知道后来的情况？后来，八万元赞助得了，六集电视连续剧也不用砍掉三集了。片子拍成后很叫座，刘子星赚了多少钱我不清楚，我可成了万元户。彩电有了，冰箱有了，丽妮却没有嫁给我。她不打算结婚，但她已经怀孕了。你猜是谁的呢？

1991 年

# 美人窝

臭虫朝你抛来一个鲜亮的嫩吻，说黄水，你交上桃花运了！

于是便有很多束红眼的目光扑过去咬你。

就因为你分在了歌舞团？

你想那个像母亲般善良手软的辅导员吴妈一定是在你的鉴定书中如此这般写道：该同志擅长文艺创作和表演，在全国各地报刊发表过多篇作品并在大学举办的各种文艺活动中获过奖，作风正派，等等。因而你的名字才会被人事局局长打上了古板的红勾。其实你只不过在一些古里古怪的报刊上发表了百多首歪诗。还有的就是一次大学里举办交谊舞比赛，被誉为校花的梅花鹿公开说看中了你的两条长腿，择你为伴。

潇洒了五分钟，获奖了一条毛巾。辅导员吴妈居然郑重其事。她的用意除了希望你有个好的落脚点之外，是否还想图点功劳？临毕业前，你帮她打了两天的煤饼，算是没有白费劲。

臭虫说歌舞团可是个美人窝哟。集全市女人精华分子之所在。你将作为一名男丁竖在其间，啧啧。

你说我若真有那个艳福，定忘不了你的，臭虫。

你揣了本书，向一块磁场拢去。在一个没有青藤的院墙门口，有一串鲜艳的字在你的眼中跳动。你想你要来的应该是这个地方。

最先映耀你的，是一个迷人的花圃。那簇簇美丽的花卉，分明在动情地望你，极妩媚地笑得挺青春。便有诗骚动你的灵感。“美丽的花儿，你可曾想过日后的枯萎？”有哲理，再补两句，就可以挂上报屁股了，你想。

你还想这样一个阳光灿烂的早晨，又是在这样个花团锦簇的地方，应该听到歌声，却连一声鸟叫也闻不着。鸟即使学着人过礼拜，但今天是星期一。

有一座西式的房子，空荡荡地蹲着。你在一块写着“团长室”的牌下候了很久。夜光表时针爬过“9”的时候，你才觉得你很笨。

于是，你向另一座房子走去，你看见阳台上晾着许多旗帜般缤纷的红裙子黄裙子。似乎除了绿帽子，人体该用东西套上的部分，都展览得那么齐全。你想这里大概是人待的地方。

依然是悄悄的静。

忽地有一阵类似野猪的叫唤声传来，是辆摩托车。背上骑着个黑熊样的男人，还驮个女性。那女性的头埋在男的背后，没有面孔。只看见黑旗般的秀发，随风招摇。

摩托车停顿的楼梯口，恰好是你的身旁。那女性翻动臀部的时候，依然没露出面孔。因为那头“熊”胡子茂盛的脸迅速盖了过去。

接吻声贪婪。

大概他们以为你是一根木桩。

摩托车快意地奔离，把女子留下来。那姣好的头转了方向，面对你，陡地光彩夺目。

这女子的容貌无与伦比。身材窈窕，“水蛇腰”“蜜蜂腰”，这样的形容都是谦逊，你大胆地设想，把她切成三段，任取其中之一，换在别个女子相同的部位，一定使丑者变俊，俊者增秀。至于那脸蛋，一切描述都显得多余。你唯一的办法只能猜测，在宁市，是否还有比她更美的女人？

你不知道应该唤她同志还是小姐？想了想自己硬硬的文凭，鼓足了傲气。喂！你唤。

果然，美女侧目视你，非常反感，似从未受过的侮辱。我有名有姓！

叫什么？你紧问。

蓝虹。

蓝虹？是烂红篮宏还是拦洪蓝鸿？

蓝虹发觉上当，反问你叫什么？

你不答。你的心掠过一缕征服女人的快意。

你问歌舞团的人都跑哪去了？

你是什么人？

你大概是歌舞团的人吧？是演员吗？我是新分配到这里

工作的大学毕业生。我要找团长。

蓝虹打量你。大学生？歌舞团？干什么？

你说大概叫我来帮你们写山歌吧。

蓝虹转怒为笑，说团长现在还在睡大觉，其他人也还在梦中。我回来还算早哩。

你略为惊讶，说太阳老高了。

蓝虹说歌舞团的太阳特别。

你说我以为到处莺歌燕舞哩。

蓝虹说你太不适合来歌舞团了。你叫什么？

你说我有个外号叫诗魔。

蓝虹说我外号比你多。夜来香、桂花王、黄玫瑰、红牡丹……

你不打算办一个花圃吗？

那你准备送我一朵什么花呢？

你说我最好送你一把剪刀。

蓝虹说你挺有性格，我带你去找团长。

一个只吊着条裤衩，饱饱丰满肚子沉重如怀胎娘们的男子汉，这就是团长。

蓝虹居然不脸红，仿佛司空见惯，自自然然地说王团长我们团分来了个写山歌的。

欢迎欢迎。王团长却挺愉快。

你伸出手去握另一只手，触到一阵非常温软的感觉。你真的从来没见过这样一只肥手。你说王团长打扰你休息了。

王团长说前天得了人事局电话通知，但不知道你这么快，今天就来。真对不起，昨夜打了个通宵的麻将。

你这才注意到屋里桌上的麻将散乱，一片狼藉。满地的烟头如恐怖的弹壳，不知昨夜燃旺了多少战火？

王团长说家里太脏，到办公室谈吧。蓝虹你去喊大伙起床。通知开会，表示表示。

蓝虹说拉铃不就得了，我还要洗衣服。

你想蓝虹要洗的衣服，一定藏在随身的小挂包里。脏，一定跟那个熊样的男人有关。

团长把你带到他的办公室坐下，便去拉铃。很久却不见响。团长骂咧咧地回来。他妈的老鼠把线路咬断了。翻箱取了花线和胶布，复出。

你想这个地方，连老鼠都在追求安静。

铃亢奋地响了。便有鼓点般昂扬的足音纷至。

团长面露喜色说，你看，好久不开会了。铃一响，招之即来。这些人，都很听话。

你想原来每一个人都不是睡得很死。

但你不知道总共来了多少人。团长领着你进会议室的时候，你便觉得所有明亮的眼睛很团结地照你，火辣辣地烧你。你不管多么好色，也不敢明目张胆。虽然美男美女们就立在你的面前。

团长介绍说同志们认识一下，这位是新分配来我们团搞创作的大学生，黄水同志。

仿佛是炸开了锅，议论声滚烫：

我们以为来个把明星，原来是个臭九九。

你心里想我臭？在三教九流中还是排在戏子前面。

也好，有个摇笔杆的，以后我们写决心书就不用请外人了。

这小子肯定是走后门进歌舞团做窝的。

不一而足。

还未等团长请你讲话，你霍地站起。

你说我很清楚，我使大家很失望，就因为我不是明星，但我也不臭。有人说我是臭九九。请问在座的有谁知道什么叫九九吗?

美人们面面相觑。

九，是指九流，你说。这是旧社会把人划分等级的观念。九流是：儒家、道家、阴阳家、法家、名家、墨家、纵横家、杂家、农家。九流又分上、中、下三等。上九流是："一流佛祖二流天，三流皇上四流官，五流阁老六宰相，七进八举九解元。"进是进士，举是举人。相当于如今的研究生和大学生。中九流是："一流秀才二流医，三流丹青四流皮。"丹青指画家，皮指皮影。"五流弹唱六流相，七僧八道九琴棋。"下九流是："一流高台二流吹。"高台指唱戏的，如现今的演员。吹指吹鼓手，也就是乐手。"三流马戏四流推。"推是指剃头佬之类。"五流池子六搓背，七修八配九娼妓。"

你们听听，旧社会竟然把演员排在下九流的地位，多么可怜可恶啊!

你佯装愤慨，其实欲置人于死地而后快。

美人们自惭形秽。

然而你话锋一转，新社会把演员提到很高的位置，视若明星。是你们，创造了美好的艺术，让人民群众在劳作之余欣赏和享受。我能来歌舞团，是我的荣幸！但，我不是走后门来的。即便我门庭显赫、家财万贯，我也决不因此玷污灵魂。

何况我的出身，是那样的卑微。大家可以调查，我的祖父辈是红河地道的船工。我，凭自己的本事考上了大学，问心无愧！如果有人说我抢了你们的饭碗，那就错了。歌舞团是龙飞凤舞之地，但我黄某绝非一条虫！

居然，有掌声欣赏你的圆滑。

你对自己这一番良苦用心却不显山露水的话感到满意。什么时候你开始变得如此巧舌如簧，连你也不知道。

你踏进歌舞团的第一步，算是没有踩空。

你做窝。

团长说歌舞团的房子紧，目下只一间空屋，原住户上个月死了，住不住？

你连那个死魂灵姓甚名谁都没有问，就说住。

因为你只想尽快找到一个属于自己的……窝。

你捏着行政科长转交到你手中的钥匙，颤抖地打开了你的喜悦！

其实这只不过是一间陋室，公家床铺占了房间的一半，窄得不能再窄。你却像拥有了一所别墅。比起红河上你家那只小破船，比起中学、大学“人口爆炸”的宿舍，你算是第一次体会什么叫舒畅。但如果说你已经因此而满足，那就错了。你的心胸还不至于那么窄。鸟儿比草窝更广阔的家园，还有天空。

墙壁上有无数颗相同的年轻女人头颅从多角度望你如一个情人。甜蜜、羞涩、深沉、开朗、热烈、奔放。千姿百态，风韵无比。

你想这一定是死者的生前剧照了。墙壁上浓缩着一个女人辉煌而短暂的人生，用灿烂的目光鞭策你的虚荣心。

你想这样一朵红花为何过早的枯萎和凋谢？是什么夺走了她美好的生命？肝癌、肺癌、乳腺癌、子宫癌？脑溢血、尿结石、心脏病或许艾滋病？难道还有比这些病魔更险恶的毒素将之置于死地吗？

你成了亡人屋子的继承者，意味着也将如这颗明星过早地陨落吗？

夜晚，你躺在冰凉的床上，眼睛鼓鼓，也不敢熄灯。你仍然觉得墙上的女人活动了，婀娜着身子向你走来，诡秘地笑着，露出一口白牙。她的神情时而冷酷，似有滔天的仇恨；时而妩媚，又似有一江春水似的情爱；时而悲伤，恰如有瀚海般的痛苦和……屈辱。

你出了一夜的冷汗。

翌日，蓝虹说配给你这样一间死屋，你还能写出诗歌吗？

你佯说水不在深，有龙则灵。我来以后，这屋不就活了吗？

蓝虹说就怕你活不了。我断言你来歌舞团不出三个月，准得滚。要不就像这屋原来的主人，吞一百颗安眠药自杀在床铺上。

你打了个寒战，说歌舞团真的比魔窟还可怕吗？那你为什么不滚？

蓝虹说你为什么不先问原屋主的死因？难道你连一点最起码的同情感都没有吗，继承人？

你说我只关心活人。了解你们是怎么存在，这才是至关重要的。

蓝虹说先告诉你一件事，看你怎么对待？

你说我会正确对待。

歌舞团有的是空房，蓝虹说。

你惶惑。真的？王团长不是亲口说没有吗？为什么骗人？

蓝虹说他是要考验你听不听使唤呀。如果你老老实实，就给你享受人的待遇。否则，你只有永远和鬼做伴了。

你正要破口大骂，却被一种什么卡住喉咙。于是沉下气来，说我听从领导安排。

蓝虹赞赏说算你不笨，活着的人就是这么生存的。不过我例外。

为什么？

蓝虹说你忘了？我有那么多的外号。

还有一辆狗牌摩托车送你。经常吗？

一辆不准确，应该说无数。只要我想，什么时候都会有一群男人围我。不过，这都不是最主要的。

因为你这具美丽的躯壳吗？

不，因为一种复杂的关系。

我可以洗耳恭听吗？

蓝虹摇首。我不会把自己的隐秘告诉一个讨厌的男人。你对我说的话太恶毒了。

你说我看见高傲的女人总忍不住要损上几句。我虽然是只可怜虫，但我相信我会比你活得更好。

那要看你滑头到什么程度。

你开始像狗一样任凭主子差遣，心里却恨不得反咬几口。

团长说我列几条提纲，你拿去发挥升华，写成上半年工作总结，文化局催得很紧，要快。

你像领了圣旨大发灵感，文思泉涌，彻夜不眠。翌日就把一份独创的总结交给团长。

团长读了，赞不绝口。好啊，不愧是大学生，出手不凡！

你说团长还有什么要写的，尽管吩咐。

团长说你辛苦了。赏你几天假，回家看看父母吧。

你说不。

缺钱是吗？

你点点头。

我批张条子，你拿去总务科借些款子吧。

你说谢谢。我这个人虽然穷，却从无借钱的习惯。

团长说好，有骨气！

你去找臭虫。臭虫凭着他那篇在《人民文学》上发表的小说，免遭下放农村的苦难，分配在《宁市晚报》社，当上了文学编辑。大学的最后一个学期，臭虫突然在《人民文学》的沃土上，种活了一棵小草，使他那臭不可闻的懒虫、书虫、色虫形象一夜间变得光彩耀人，成了一颗冉冉升起的新星。教授刮目相看，校长亲自接见，臭虫幸福无比。毕业前夕，对着城市的霓虹灯，连唤三声阿弥陀佛！目下，臭虫正埋在一堆稿件里，抬不起头。你仍旧唤他臭虫。

臭虫跳起来，情人似地拥抱你。第一句话就是好想你……那个地方！怎么样？拈花惹草了吗？

你说公鸡打母鸡都要追逐十天半个月，谈何容易？难道你已经得手？

臭虫说我们文艺部就有几个老家伙，连一点腥味都闻不着。

你说腥味我倒是闻够了。歌舞团一个月前死了一个人。

是个女的。如今我就在她床上睡觉。怎么样，今晚到我那里体验体验吗？

臭虫说你来就是为了向我发出如此倒霉的邀请吗？

你说臭虫，到你狗窝去谈吧。

臭虫说我哪有窝？至今还在旅馆住着。不过却是个迷人的海港。有个服务员好靓。

于是你跟随臭虫到其所住的丹凤旅馆。一个如企鹅般丰腴的姑娘嫣笑着为你们打开了房门。

你说臭虫这就是你说的那位迷人的小妞？

臭虫点点头。

你的层次也太低了。在我们歌舞团，老太婆都比她有风韵。你故作淡漠，其实你的心跳荡如钟。

臭虫自惭形秽。

你说哪天我带一个来，让你领略一个真正美女的风采。

臭虫说太美的女人，我不敢享用。你还是留着做风景吧。

你说言之有理。歌舞团且当是公园罢了。她属于人民大众。我们谈私事吧。

什么事？需要地下解决吗？

你说我需要钱。

臭虫说需要钱就从我这里拿去。我那当建筑工头的老子刚给我汇来几吊。

你说我不会挖你的兜。

臭虫说我跟你谁和谁？何况钱又不是我的。说穿了，是我老子的。

你的审丑意识特浓。不过我还是想通过另一种办法钓到钱，还有名。

臭虫说你是不是看中了《宁市晚报》我看管的这块瘦土？

你答正是。

臭虫一拍胸，说你尽管把你的歪诗拿来。在文艺部，诗歌不用送审。

你说 OK！

于是你关起门来，一枝破笔蘸了你的魔性，在纸上宣泄着你光怪陆离的情感。

几天后，你怀揣了一叠满足出门。

团长遇见你，问你回家啦？

你摇摇头，只说我明天上班。

蓝虹见你，说这几天总不见你露面，是不是窝在那间死屋里孵蛋？

你如此关心我的行程。看来这几天我一定让你想得好苦。我说。

蓝虹说就凭你这一身瘦骨？我是怕你让小鸡叼去。

直到《宁市晚报》在一个月之内接二连三地出现了你的名字，歌舞团的人才恍悟。

其实你在发表作品的前两天，便已经得到臭虫的通知。报纸出版那天，你若无其事黏在办公室，留心团员们的反应。

团长是最先翻《宁市晚报》的人。他看到文艺版时，眼睛大了一大，然后望你，却一言不发，复又埋起头，读着，沉默。

你反而惶恐不安。团长分明是看见了，却为什么不告诉我？如果让他嫉妒上了，以后我的日子莫不是水深火热？

但其他的人却正好相反。凡目睹者无不眼色鲜亮，交口相告。

你心里非常清醒，歌舞团最可怕的人物，便是团长。

你继续让臭虫秘密发你的作品。隔三岔五，你总能让歌舞团的人望上一眼。你明白，只有像这样让人一眼又一眼地望下去，你才能站稳脚跟。至于团长，你的心算盘哗啦。

臭虫给你的稿费极高。十几首诗的报酬共一张汇票寄来。你知道，臭虫一定是压榨了他人的心血，输到你的身上。

蓝虹一针见血说你这些钱虽然来得明白，但如果你独自享用，就显得肮脏了。你得请客！

这笔钱我另有他用，你说。

蓝虹说你也太小气了。歌舞团不喜欢吝啬鬼。

你火了。我吝啬？因为这笔钱可以救我母亲一条腿！

蓝虹一怔。

我母亲几年前得了风湿病，但她就是不肯医治。你知道为什么吗？为了供我读完大学。现在我工作了，还不该让她老人家站起来？

蓝虹说对不起。我不知道你有困难。刚才我是希望你有一个好的人缘关系，而钱能够做到这点。

你说谢谢，我知道应该怎么办。

你咬着牙关把稿费全买了糖茶，塞满歌舞团的嘴皮，换了一团和气。

蓝虹却非常内疚，说黄水，是我引诱你花了这笔钱。真是罪过。

你说不。多亏你的提醒，我又能多活些日子了。

可是你母亲的腿却救不了。

母亲，恕孩儿不孝了。

你家在哪？蓝虹突然问。

怎么，想做我家媳妇吗？

你先告诉我你家在哪？

你把那条古老的河流及河流上一条破船的位置说了出来。

你母亲的名字一定很美，蓝虹问。

你摇摇头。说直到现在，我还不知道我母亲叫什么名字。因为我乳名叫特橹，河上的人都唤她特橹妈。

蓝虹扑哧一笑，说以后你敢再损人，我就抓住你的小名不放，特橹特橹！

你高呼上当。

你去给臭虫送作品。臭虫当场读了。说黄水，我看你的诗特有味，冲大刊物，包管打响。老放在《宁市晚报》，太委屈了。

你说歌舞团的人就爱看《宁市晚报》。懂我的意思吗？即使在《诗刊》《人民文学》发上十首百首，他们也不会知道。而《宁市晚报》却能让所有的演员们在饱读武林、侦破、爱情小说连载之后，看上我一眼。何乐而不为？而且以后你发我的作品，最好安排在月初。因为月底各单位报纸换夹，就没有几天可看了。我要让宁市的人天天读我。

臭虫拍案叫绝，竖起大拇指，连叹三声妙啊，然后许下海口，说再发一批后，我保证约得人评你的作品，大吹特吹。黄水，歌舞团的未来属于你！到那时，你就可以实施你的改革方案。

不久，《宁市晚报》赫然登出了一篇题为《孤独者的心灵剖析——黄水和他的诗创作》的评论文章，比较成功地塑造了你的形象。你钓到了一顶青年诗人的桂冠，声名鹊起。

蓝虹张口泼了你一瓢冷水，说你高兴是不是太早了点？别以为有一篇臭文章吹你，你便是鹤，他人都是鸡。告诉你，在歌舞团，被《宁市晚报》吹捧过的人，比比皆是。他们的红帽子比你的还高。想先前卉姐，就是你的旧屋主，红得发紫。报纸、广播、电视神吹，妇孺皆知。结果还不是走投无路，自杀身亡吗？我劝你最好多长几个心眼。要飞起来，光有翅膀是不够的。起码在歌舞团是如此。

你傻了。

家里来信，是你同母异父的弟弟写的。意思是寄来的五百元钱收到了，母亲已经去医院治疗。

你吃惊不小，立刻跑去审问臭虫，说你给我家里寄钱是吗？

臭虫摇摇头。

那还有谁呢？

臭虫说那肯定是你在歌舞团扯上哪位美女了，老实交代！

你恍然大悟，一定是她！

见了蓝虹，你劈头就问冒充我名字给我母亲寄钱的是你吗？

蓝虹下意识点头。

你破口大骂。

蓝虹一愣，说你听我说。

我不听！有几个臭钱装什么仁慈？学雷锋竟把我当对象？我贫困我困难我可怜是吗？但是我不需要怜悯和施舍！你那五百元钱，我饿死也要还你！你愤然离去。

夜晚，蓝虹敲你的门。你不开。

我将站到天亮，蓝虹说。

你开了。干什么？你问。

你不是说要还钱吗？写张欠条来，免得以后你反悔。

你唰唰写起来。

两人却都笑了，涣然冰释。

你哪来那么大的火气？把我吓得半死。蓝虹说。

你哪来那么多的金钱，让我大开眼界？你也问。

挣的。蓝虹答。

怎么挣？

我每晚都去宾馆的舞会唱歌，业余收入。比你写诗要有奔头。

今晚你不是失掉一次发财致富的机会了吗？

蓝虹说我愿意。

其实我应该谢谢你。托你的福，我母亲的腿要得救了。她的命，太苦。

能跟我谈谈你和你母亲吗？

不，你说。我从来不跟别人谈自己的故事。别人的故事，我也不想听。

但是我想，非常想听听你的……故事。

你是不是爱上我了？

难道你只肯对爱上你的人讲？

这很正常。

你从来不跟别人谈自己的故事，是因为你没遇上一个爱你的人？

这是事实。

今天，你遇上了。这也是事实。

你说谢天谢地，我讲：

二十多年前，在红河的一段河流上，有一个女人抱着一块石头跳了河，被一名捕鱼的男人发现并救活。当时女人已怀了身孕，不久便生了个男孩。那男孩就是我。

我是个……私生子。至今，我仍然不知我的生父是谁？我现在的父亲，就是救了我母亲的男人。他很好，待我如同亲生，送我读书。只有在我考试成绩不是全班最好时，他才打我。我爱他。但是我却恨我的母亲。是她的过错，使我备受世人的歧视和冷眼。我从来不曾唤她一声妈妈。而且我发誓一辈子不理她。可是后来，我原谅了母亲。

那是我在县中读高三的时候，母亲到学校来看我。她是走路来的，鞋子都破了。我却没好气地说老远的路，你来干什么？母亲的眼睛含满了泪，说我想你。我说不用你想。可你是我儿子。我想说我不是你儿子，但我说不出口。我说你使我吃够了别人的唾沫。母亲说我晓得是我害了你。你恨我，我恨谁呢？我只恨我的命，太苦。你已经长大了。我这次来，是想告诉你，妈妈这辈子唯一做错的一件事，就是不该想把我和你给毁了。

妈妈年轻的时候，母亲说，爱上了一个男人。这个男人长得很瘦，却很有学问，是个教师。我很爱他，他也爱我。我们好得不能再好。于是我怀上了你。就在我们准备办喜事的时候，文革来了，一帮人硬说他是特务，整日整夜斗他，打他。他受不住，就跳了红河。妈妈伤心极了，就想随了他去。现在寻思，是个短见。我们母子俩多亏你爸，才活到今天。

虽然活得很苦，但你只要记住你是爱情的种子，这还不够吗？

我情不自禁唤了一声妈妈。

蓝虹凤眼含悲，默默把头埋进你的怀里。

我的故事，真的很动人吗？你问。

蓝虹泣不成声。

想起自己的过去，我从来不哭。请你也不要。

蓝虹说我是哭我自己。你让我羡慕。你虽然苦，但你是爱情的种子。我却……不是。

你，也有一个悲惨的……故事？

蓝虹颔首。

告诉过别人吗？

和你一样，没有。

我不是已经告诉了你？

那是因为你遇上了一个爱你的人。

我说不准是否已经爱上了你？可是，你得归还我一个故事，一个关于你的……故事。

蓝虹哀婉地诉说着——

我是一个罪犯的女儿。

八年前，我父亲突然由副市长沦为死囚。他锒铛入狱的那天，我才知道，我非常敬爱的父亲，是文革造反派的头目，是制造了无数桩命案的双手沾满了冤死者鲜血的一只人狼。

一夜之间，我天真透亮的水晶梦破碎了。我一向认为尊贵圣洁的家转瞬间泛起了肮脏的血腥的浊流。父亲毁灭了多少他人的幸福，同时也铺设了自己的死路。父亲被千万人所仇恨，死有余辜。可是我无法恨他。因为我身上流着他的血。

临刑前，我到监狱和父亲告别。父亲的眼睛充溢着不可思议的人性。他说其实我早就等着这一天了。善有善报，恶有恶报，我罪有应得，死不足惜。但是，以后可就苦了你和你母亲了。

父亲良心发现时，已经太晚了。我说爸，每逢清明节，我都会给你上坟，挂朵朵白花，扎簇簇绒绒的高扬的……魂幡。

父亲哭嚎不已，噗地给我跪下。说想不到我这野心狼的女儿居然这么有情，开心啊！

终于，父亲在万人的咒骂和一声干脆的枪响中，洗清了自己的罪孽，遁入黄泉。

母亲对父亲的下场丝毫也不感伤，竟好像摆脱一只沉重地压迫了自己多年的野兽般轻松。父亲一死，母亲立即搬出了豪华的庭院，过上了清廉的普通人的生活。那一年，我也退学了。

如果不是母亲的艳事被我发现，我是绝对感觉不出父亲和母亲的十几年婚姻有多么卑鄙，更不可能知道我居然是兽性的产物！

两年前的一天晚上，我突然想起应该去看我母亲。她住在市区一个加工厂里。我很少回去。不是我薄情，而是当时我已热衷于公子哥儿们的追逐了，不能自拔。

我用自备的钥匙开了房门，发现母亲正和一个男人幽会。

这个拥抱我母亲的男人，就是我跟你提过的现在是我干爸的市长。

当时，母亲非常镇定。帮男人穿好衣服，然后对他说你走吧。

男人戴上一副墨镜，离开了。

我这才大发雷霆，怒斥母亲。

母亲等我骂够了，才平静地解释。她说这个男人是她大学时的恋人。她原本是属于他的。但却被当时造反派头目的我父亲占有了，并且怀上了我，只好违心地结合了。十几年的婚姻生活，母亲像是陪伴一只禽兽。不仅要忍受肉体的糟蹋，而且要忍受巨大的精神折磨。多少年来，她唯一爱着的就是这个男人。正是对这个男人的爱，支撑着她活到今天。现在，这个男人来了。他就是新上任的宁市市长。两颗被压抑了多年的心癫狂地燃烧了。爱的火焰又鼓起母亲青春的血液和热情。我还能责怪母亲什么呢？我只恨我为什么不是这团火焰的结晶，相反是个孽种呢？

我记得当时我只说了一句，妈，如果你和他结婚，我想我是不会反对的。

由于市长在磨难中建立了一个家庭，也由于母亲的身份，世俗的原因，两个有情人只能偷偷地幽会。

蓝虹的故事使你的心沉甸甸的。你原以为人世间再也没有比你和你母亲的遭遇更惨的人。想不到自己眼皮底下这位美人的家世还要可悲。托尔斯泰的伟大之处，看来全仗他那句话了——幸福的家庭都是相似的，不幸的家庭各有各的不幸。

但是你不露声色。你问市长择你为干女是怎么回事？

很简单。一次市长收到母亲的联络暗号后爱怜地对我说，孩子，你就做我的干女儿吧。于是我就认了。

认一个罪犯的遗孤做女儿，恐怕不利吧。如今的官场，讲究的是原则。

恰恰相反，这显示了市长的宽容。

你耳目一新，说怪不得如今你那么红。

蓝虹说我用不着提干爸半个字，也有人怕我，捧我。

我怕过你，捧过你吗？

你就是这点与众不同，蓝虹说。

你抬腕看表，对蓝虹说时已深夜，你是不是考虑离开这间死屋？如果有人控告我勾引市长的干女，我就活不长了，更别说要在团里站稳脚跟施展才干了。

蓝虹眼皮一挑，说今晚我不走了。

我可从来没有和女人过夜的习惯。

你，是男人吗？

你应该先问我是不是爱你？

你的眼睛告诉我，你爱。

我的眼睛一向对人冷漠。

那是因为你自卑。

你像被黄蜂螫了一下。自卑？我为什么要自卑？难道因为我是私生子，就得低人一等吗？

可你为什么不敢说你爱我。

你以为你美丽我就会爱你？

我美丽，这可是你说的。对美的东西，你是不会恨的。

我不恨，你说。我一向对你很恶毒，但你为什么还爱我？

蓝虹轻轻地说，因为……你瘦。

你的心一动，情怀轰的敞开，泻出你情感的水，托起一簇美妙的奉献，流动着一个古老而新颖的主题……

当滚烫的情感波涛趋于冷静之后，你说蓝虹，假如今晚因为我们的冲动，酿造了一个事实，你怎么办？

首先，你有胆量承担一个父亲的责任吗？

我想中国的男人一定不会同意我这样做。希望你也不要向我母亲学习。在中国，做一个私生子和私生子的母亲，太难了。

只要是因爱所孕，因爱所生，又有什么可怕？

我说过我爱你吗？

蓝虹一惊，愠道你不愧是个私生子，幸亏事先我悄悄服了一片避孕药。

你长舒一口气。

团长面部慈祥对你说小黄，最近见你发表了很多作品，高兴啊。

你说哪里哪里，不过是一些文字游戏。

除了诗歌，你还能写些什么？

你知道团长在藐视你，便答道你需要我写什么？

剧，写过吗？

你说学过。

团长说好，全省第二届艺术节临近了，团里决定出一个剧参加，你能写出剧本吗？

你说能。

团长说看你的本事了。我已经写好了一个，你再写，就有选择的余地了。

你猴一般的灵醒，知道团长欲拿你做陪衬，忙改口说既然团长已经写好，我就用不着了。

团长说写嘛，没有对比，怎么分得出优劣和上下呢？

你说团长大手笔，我怎敢和你比？

后生可畏啊。上一届艺术节，我写的剧本拿了个银奖。相信你一定超过我。

你觉得不出一口气，就太对不起团长了。于是你说团长，我一定写出一个剧来，向你讨教。团长说预祝你成功。

你把这事告诉蓝虹。

蓝虹说团长已经看出了你的势头逼人，想用己之长拔掉你这颗眼中钉，所以这是一场决斗，你必须赢！

写剧，是我的短处，怎么能赢？

在大学，你学过写剧吗？

你说学过，但我不知道写什么？

就写你最熟的生活呀。

我最熟悉的……生活？

对，就写你的红河。懂吗？红河！

你的灵感轰地爆发，疯了般地呼唤红河，红河，我的红——河！

于是，便有一条红褐色的河流向你奔来。深情的浪花，翻着一个又一个血泪的故事……

你看见一群群赤裸裸的生命拉纤……

你听见一首首沉重哀伤的船歌……

你看见一个个漩流中挣扎的痛苦的灵魂……

你看见血的残酷，泪的辛酸，死的悲壮……

你看见生存的价值，奋斗的力量，希望的……永恒！

你看见一个忍辱负重的民族，拉着一艘硕巨残破的古船，艰难地前进！

红河，于你的笔下滔滔地流……

十天后，一部渗透着你情爱和心血的歌剧《红河魂》诞生。

蓝虹一口气读完你的作品，激动地说，黄水，你赢定了！

你把骨肉般珍爱的剧本交给团长，说请指教。然后甜甜地等着肯定和赞扬。

几天后，你被唤到团长室。王团长却不见影子。在座的只有他的两个副手。你心想他一定是无脸见你。

一位副团长说老王把他和你的本子交给我们审阅定夺。我们认为你的歌剧《红河魂》生活气息浓厚，民族意识强烈，具有史诗般的恢宏和深情。

一个但是，使你的心凉了半截。

另一位副团长说但是《红河魂》和王团长的话剧《金银花》相比，你的作品又逊了一筹。可以理解，写剧，你是个新手，而王老经验丰富，火候自然比你足啰。很遗憾，这次不能用上你的作品了。希望你不要灰心。

你真想哭一场，却还得装了笑脸，说只要有好剧本为艺术节获奖垫基础，我就很高兴。

走出团长室，你却见了团长。

团长笑吟吟说我把自己的剧本和你的剧本全权交给两位副团长审阅定夺，他们意见如何？

他们说用你的。

团长说是吗？我可没有命令他们这样做。

你心想这只狐狸真老。便说是你写了个好剧本。我说过我比不上团长你。姜，不愧是老的辣。

蓝虹知道后骂他们在耍阴谋！我们决不能作罢。

你说权在他们手中，我们没有办法。

蓝虹说我不相信你想不出办法?

审定的《金银花》剧本打印出来，分发到各人的手上，将由演员自选角色。

你灵机一动，跑到印社，也把《红河魂》的剧本印出数份，送给每个演员，美其名曰请提出宝贵意见。

你等着一场风波。三天、五天、十天，依然无声无息。完了，你想。

岂料团长找你，说我收到一叠匿名信，为你的作品鸣不平。宣言非《红河魂》不演。我拿过剧本来读，写得确实不错。都怨我太主观，差些把一个天才给毁了。我决定两个剧都演。谁优谁劣，艺术节上见分晓。

原来可爱的演员们在用无声的方式为你呐喊。

你的心复又温暖起来。

你说团长请不要误会。我只不过想找些人提提意见，没料到闹成这步田地，很对不起。其实匿名信你可以不管它。

民心不可违啊。

你再次说对不起，让你操心了。

团长冷冷地说你确实是个人才。

你说跟团长比，差得太远。

分角色的时候，却没有一个人表示参加《红河魂》剧组。所有的演员在团长面前，露出了狗尾乞怜般的谄相。写匿名信的口气一见着风全缩进屁眼里去了。就连气冲云天的蓝虹也报名参加《金银花》剧组！令你大惑不解。

团长望着温顺的团员们，说怎么没有人愿意参加《红河魂》呀？写匿名信宣言非《红河魂》不演者不都是你们吗?

怎么反悔了？

众人像落汤鸡般打抖。

团长说这不成，我点将了。蓝虹，你是我们团最出色的演员，过《红河魂》剧组去。

蓝虹斩钉截铁般回答：不。

团长另外点了几位台柱演员的名，平衡了两剧的力量。

团长问你这样均分演员，你还有意见吗？

你说我很满意，谢谢你，团长。

两人独处时，你质问蓝虹，你为什么要讨好团长？

蓝虹说是他在我处境最困难的时候把我招进歌舞团，我想报答他。

原来你是他安插在我身边的一只警犬。

其实你不也是他手下的一只犬吗？只不过你稍微有点反抗叛逆的性格罢了。

我和你同居这么久，原来全是同床异梦。

我父母不是同床异梦了十多年？如果你受不住，可以离开。我可离不开你。

废话。你说。

艺术节开幕了。

《红河魂》和《金银花》两剧双双通过分场预赛，进入总场决赛。

省城豪华的剧院里，《红河魂》首场演出，以其感人至深的悲剧故事和精湛的艺术表演，博得广大观众的热烈掌声。你腾云驾雾般飘然。

第二天，省报以显著篇幅报道了《红河魂》演出盛况。

紧接着便有记者采访你。你侃侃而谈，妙趣横生。当记者问及《红河魂》的产生经过时，你正要信口开河，忽地看见团长从门口一晃而过，忙改口说是我们团长救活了这个剧本，他是个……伯乐。

于是，和你一同成为艺术节的风流人物者，还有团长。

团长说你怎么把我吹出去呢？扶持新人，是我分内的事嘛。我可得批评你了。

你的心又舒服又痒又痛。

蓝虹说你红了。

你说这是意料之中的事。

蓝虹说金奖，看来非《红河魂》莫属。

难说，《金银花》的效果也一定不错。

你希望《金银花》剧获奖吗？

我希望双双获奖。

蓝虹却说要是双双获奖，团长不就和你平分秋色了吗？

你说《金银花》剧获奖，就不负你效忠团长的一片心了。

蓝虹道声谢谢。

《金银花》演出的节骨眼上，蓝虹突然患了感冒，声音沙哑。但也只好上场。她演的是主角。演出时病恹恹，吐字微弱不清，表情呆板迟钝，该笑不笑，该哭不哭。场内观众嘘声四起。

蓝虹很痛苦地大哭了一场。有许多想骂她的人都觉得于心不忍，便把肮脏恶毒的话藏起来。

评选结果，《红河魂》荣获金奖，《金银花》悲惨落榜。

团长表情复杂地向你表示祝贺。说你是我们团的希望。

你说我是一棵小草，全靠团长栽培。

你还说如果不是蓝虹把戏演砸，《金银花》也定会获奖。

怪不得蓝虹，她又不是故意的。她的心，比谁都难过。再说《红河魂》获奖，我作为一团之长，不也已经脸上有光了吗?

你打心眼里佩服一个精灵。

回到宁市，便有通知说市长要接见你和团长。

你不去。

蓝虹问为什么？我干爸什么地方得罪你了?

你说我未成名前他为什么不接见我?

你不去，团长可就抢头功了。

你问团长你去吗?

团长反问你呢?

你说我不去。

于是团长说你以为我会受宠若惊吗？我也不去。市长是蓝虹干爸，有什么事由她传达好啦。我要到表叔家吃饭。

你问蓝虹团长是不是想耍花招？他该不会背地里溜进你干爸客厅里去吧?

蓝虹说他耍不过我。

你只配给他过麻将。

你知道《金银花》为什么失败吗?

因为老天不保佑你。

蓝虹扑哧一笑，说你们都被我骗了。我的病是故意装出来的。

你如闻噩耗。假如蓝虹告诉你她怀上了你的孩子，你也不会如此惊讶。

从一开始分剧组，我就计划这么干了。

你为什么要演这一出恶作剧？

我要报复。

你卑鄙。

卑鄙的是他们。

他们再坏，你也不能采用这种手段。

你说过只要达到目的，手段就不必论了。我一心要成全你，让你站稳脚跟后施展改革韬略呀！

可你是在践踏艺术！知道吗？你不仅损害了歌舞团的利益，你也把自己给毁了。

蓝虹定定地望你。说我以为我这么做，你会更爱我。

你呀，真让我不知道是该拥抱你好还是扇你两耳光好？

蓝虹说你还是打我吧。

我知道你爱我不假。但你为什么恨团长呢？

蓝虹说他太坏。如果让他这帮人继续得意，横行霸道。歌舞团的人绝无欢畅的日子过。你知道他们有多么的无耻吗？顺我者昌，逆我者亡。这便是他们的哲学。你天天住在卉姐的房间里，可你到现在还不知她是为什么死的？她是给逼得没法活呀！

给我讲讲卉姐的死吧。现在，我非常想知道，你说。

为什么？为了苟活吗？

不，为了斗争。

蓝虹说好，我讲。

卉姐生前是宁市有名的演员。曾被《宁市晚报》吹捧，红得发紫。只因她乘着改革之风当过一段副团长，上台后要大搞一番改革把无能之辈贬下来，起用能人、打击歪风邪气……于是团长恼羞成怒，不惜在各种场合造谣中伤，攻击和诋毁卉姐，不时诬蔑说卉姐和谁和谁乱搞男女关系。那些无能之辈和团长是一窝子拜把兄弟，自然对卉姐没好脸色。卉姐被搞得身败名裂。结果副团长被撤了还不算，就连职称也被卡住了。卉姐上告申诉，上面却又一级级往下推，都说尊重主管单位意见而不了了之。而这些人对卉姐迫害更甚了，不安排卉姐角色。再没比被剥夺艺术权利更痛苦的事情了。卉姐只好闹、骂，而他们又说她是疯子。卉姐终于绝望地自杀了。却又是被诊断为精神分裂症而盖棺定论……

你又得找臭虫。

臭虫一见面就说好一个诗人兼作家，《红河魂》获奖，共有多少姑娘给你写信？

你说我现在对姑娘不感兴趣。我有一件大事要办。

比姑娘更重要的是政治，对吗？

你说对，我要把歌舞团搞得天翻地覆！

臭虫说我如何为你效力？

你有记者证吗？

臭虫说有。

好。你再找一个记者，随同到我们团调查采访。那几个团长罄竹难书。你们最好从他们着手，再引申到其他。总之，你们要掌握的事实必须足够搞翻他们为止。

臭虫说一切包在我身上。我也可以趁机看你们歌舞团的女人到底有多美？

你说有一条，你到歌舞团，我们必须装着不认识。你也不要找我谈话。万一搞翻不了他们，我也好有条退路。

臭虫说我办事，你放心。

两天后，臭虫领了一名记者进入歌舞团。

你佯装闭门修书，两耳不闻窗外事。

蓝虹却敲开门向你报告说有两名记者来了解团长们的事。

你说是吗？

我来问你怎么说？

想怎么说就怎么说。

我有点怕。

你怕，别人不是更怕吗？

蓝虹鼓起勇气，走进你导演的戏。

你躲在死屋里静静地等待事态的结果。

臭虫离开歌舞团后，你悄悄尾随了去。

你问臭虫情报充分吗？

臭虫摇摇头，令你大失所望。

为什么？

臭虫说一提到团长，个个都成了哑巴。

这更加说明团长一伙人的德性。

可是这样一来，就缺少了人证。

你不甘心地问我不相信就一个敢说的人都没有？

臭虫说是有个胆大些的人说了片言只语，可是吞吞吐吐。证据微不足道呀。

这个人是谁？

是一个不愿披露姓名的姑娘，长得非常的美。

你说对我还打隐瞒？她是不是叫蓝虹？

臭虫点头。

你笑得很冷，说看来人就是一个样。背地里咬牙切齿，可一旦到了公开站出来打虎的关口，恨不得把卵给换了，把男性修改成女性。

臭虫说我们是不是碰上了一个马蜂窝？听闻团长背景很复杂。他的哥儿们都是市里面的人，势力很大。而且歌舞团的不少姑娘都是这些人的表妹、侄女什么的。难怪她们守口如瓶。

你几乎是吼着说他们统统是一群不要脸的！

臭虫说你就不能小声些吗？

你喟叹道在歌舞团，要找一个正正直直活着的女人，难啊。

臭虫说这个窝是该换一换血了，可是你无法拿到团长室的钥匙啊。

想一想今后怎么办？

做一条沼泽地里的蛇，你说。

团长约你谈话。

地点：团长私人寓所。

时间：夏令时计一点（恰是天昏地暗时）。

你敏感这是一场非同小可的谈话。

两人面对面坐着。中间横着一张茶几，一种对抗而智慧的摆设。

团长首先发话。现在，就我们两个人。知道为什么约你来吗？

你说我想团长一定有重要的事吩咐。

是很重要的事情。不过不是吩咐，而是交谈，是关系到我和你存亡的问题。

你佯装糊涂说有这么严重吗？

其实你比谁都清楚。现在有人想干掉我。这个人很聪明，抓住了三个足以致命的问题。然而他又很愚，把形势估计得太好了。

你心想这团长嗅觉真他妈灵敏。他什么都知道了吗？便问道这个想干掉你的人是谁？

团长一语道破，是你！

我？莫名其妙。

团长说，要论装傻，你绝不是我的对手，所以我希望今晚的谈话不要鱼游水底，最好开门见山，直奔主题。

你还是说我什么都不知道。

那好，我告诉你。你有一个在报社当编辑的同学，对不对？前几天那两个来调查我的记者，其中有一个不是你这位同窗好友吗？而指使他者，就是你！你在幕后操纵，可见你非常高明。你一定奇怪这秘密我从何得知吧？告诉你，蓝虹能有个当市长的干爸，我为什么就不能有个当市委书记的表叔或当组织部长报社总编的表哥表舅呢？你的失误也正是没有考虑到这一层！

你的手开始发抖。

现在我把那三个问题亮出来，你看看能不能在大众面前说得过去？

第一个问题。关于多占住房的事。你很有手段。让记者一开始先从看得见摸得着的东西下手。不错，我是拿有两三把套房的钥匙。可是我不是留给自己用的。我可以打开给你检查，里面有我生活用的东西吗？没有。我是要把掌握的这些房子，奖励性地分给表现好的出色的人员。你也可以住嘛，假如你表现好的话。我作为一团之长，难道连这点权力都没有吗？

第二个问题。关于赵卉的事。你点中这个人也可见你很老辣。至少可以加给我一个打击报复的罪名，让我落个党内记大过处分。可是赵卉自杀跟我一点关系也没有。你信不信？她作风问题，是全团有口皆说的。评她职称时，我照大家的说法如实鉴定难道不对吗？说我造谣、诽谤、败坏她名声，老姑娘仍独身。我现在也是个老男人，也是光棍一条。那么，又是谁诽谤我败坏我呢？我说过她是疯子，没错。但医生最后对她精神分裂症的鉴定不是更有说服力吗？既然是自杀，又有什么凶手可言呢？

第三个问题。关于女人。你选择这个视点非常绝妙。可以给我扣上流氓的帽子，撤我的职。可是这得需要证据呀，同志！我是接触不少年轻漂亮的姑娘，可是你能从表面现象断定我有作风问题吗？你和蓝虹关系那么密切，我批评过你扣你的帽子了吗？说我是流氓。我强奸谁啦？有哪位姑娘站出来揭发啦？除非她们不要面子！男女之间的私情，是很正常的现象嘛。尤其在歌舞团更为普遍。对人自然的本能，为什么要往那恶上扯呢？打个比方，有位领导，假设他是个市长吧，和一个所爱的女人私通了。你说，是应该捅他一刀，把他拉下台来呢？还是应该熟视无睹，保护他的地位？当然，这仅仅是个假设，你可不要胡乱猜想。我一个小人物，哪能干涉得到市长的私生活呢？总之，在女人问题上，我清楚自己，也清楚别人。我但愿大家都相安无事。何必逼狗跳墙呢？

你以为凭以上三点就足以置我于死地了。可是，要干掉我可不是那么容易啊，黄水同志。

你毛骨悚然。手上的烟掉到地上。

其实你何必那么着急呢？你不过二十岁嘛。我掂量过了，歌舞团这样一台复杂的机器，除了我，也只有像你这样非常聪明的人才掌握得住。承权比夺权不是更好一些吗？耐性不够啊，老弟。

你低着头，说了一句我很惭愧，团长。

团长站起，像个大人物般视你。说再过几天，我就不是团长了。你认为组织上任命我当文化局局长合适吗？

你胆战心惊，如闻噩耗。

团长说没想到我居然会得到提拔吧？其实仔细想想也就尽在情理中。你不认为我把歌舞团管理得有声有色吗？《红河魂》在艺术节上夺魁。顶头上司想到应该赏识的人物首先是团长我还是编剧你呢？虽然蓝虹在《金银花》演出时捅了我一刀，美中不足。但也抹杀不了《红河魂》的成功给我这位一团之长的光彩和荣誉！

你说我不相信蓝虹会和你过不去。

团长说你又装糊涂了。其实我知道的事情你也知道。蓝虹一说患了感冒，我就发觉上当了。她从一开始分角色时就别有用心了。可惜我醒悟太晚。智者千虑，必有一失。这种时候，发火有什么用？我何不将错就错，能得个宽容大度的形象不也是一件好事情吗？反正有《红河魂》的成功也就够了。

你的脑中跳出一句成语：道高一尺，魔高一丈。心想你修炼得还很不够。

你问团长你打算怎么处置我？

团长说如果你以为我会把你打入十八层地狱，可就大错特错了。我也不会这么傻。凭你如今的才干和名望，当歌舞团团长势不可挡。我不想落个嫉贤妒能的坏名声。再说，我当局长，你当团长，我不会放心不下的。

你言不由衷地说你真有肚量，团长。不，局长。

有什么办法，我这个人本来肚子就大嘛。再说起用新人，是改革的需要，义不容辞啊。

团长最后说我们握个手吧。我们已经知己知彼，今后可以百战不殆了。我到文化局任职后，你就搬来这里住。

于是两只手像蛇一样绞在一起。你也像是蜕了一层皮，在沼泽地里翻滚。

蓝虹告诉你说团长也找我谈话了。他什么都知道。这个阴险毒辣的人，我斗不过他，你也斗不过。我很恐惧，不想在歌舞团干了。

你说我当团长，境况一定会好的。

你当团长？你永远是一只被控制和使唤的狗。

你怎么也把我当敌人攻击？

因为你当团长，还不是在局长手心攥着？只不过剩饭的规格高一些罢了。

谁还不是一样？在家里，妻子被丈夫控制。在官场上，团长被局长控制，局长被市长控制。那么市长呢？省长呢？

蓝虹哑然。

你煽动说我们为什么不求你干爸动用权力呢？一个市长想干掉团长还不是举手之劳？

蓝虹摇摇头，说干爸的处境很不好。我不想连累他。

有权不用，过期作废。

蓝虹还是摇头。说他和母亲的关系随时都可能暴露。我怀疑团长这样神通广大的人已经抓到了什么把柄。再说一个市长的行踪，该有多少人密切注意啊。我已很长时间不上他那里去了。

可是你大可不必离开歌舞团呀？

蓝虹说我是想实实在在做一个独立的自由的人。这在歌舞团是做不到的。黄水，你也离开吧，我们离得远远的。你专心你的文学，我宁可放弃一切，赚钱养你。

你摇摇头。说我跟你不一样。我是个农民的儿子。父母养我这么大，节衣缩食送我读书，他们不希望我做一个无业游民。你能理解我吗？

蓝虹默默把头撞进你的胸怀，说你好好当个……团长吧。

你终于登上歌舞团团长的宝座。

老团长对你说我离开歌舞团前，想为你再补充一些新鲜血液。

于是老团长领你四处选美去的那天，恰好是你私生二十二岁的黄道吉日。

歌舞团因此而年轻！

1989年

# 县长逸事

## 拉大便

县长和司机连夜从省城赶回县里。路上，县长叫司机停车小便。司机和县长下了车分头去方便——县长向东，司机往西。司机钻进玉米地里，比县长走得还远，因为他要拉大的。晚饭的时候，司机吃了许多的海鲜，感觉肚子很不舒服，他早就希望县长叫停车了。但县长上车后一直都在睡觉，连续几天不分昼夜地跑资金和谈判，他太累了，所以往车座上一靠，就像上了床一样，呼呼入睡。司机想停车的时候不敢停车，因为县长已习惯了在汽车的跑动中睡眠，就像幼儿要在摇篮的摇晃中才能睡着一样，他怕车子一停，县长就会醒过来。司机忍着巨大的压力驾驶，好不容易听到县长叫停车，就像贪玩的学生终于听到老师喊下课一样。他离开车子和公路只顾往田野走，在黑茫茫的地里排泄。

司机方便后回到车上，以为县长已经坐在车后座上又睡了，因为他大便都回来了，县长小便还不回来？司机头也不回就把车开走了。

县长大便完毕走上公路，不见了小车，知道司机把他给丢了。他一开始并不着急，因为他相信司机会很快发现县长不在车上，就马上回来。

但是等呀等呀，司机也没有回来。县长脚乱心慌地在黑灯瞎火的公路上踱来踱去，东张西望。三更半夜，公路上根本没有过往的车辆，只有扑面而来的寒风和细雨。县长束手无策，浑身发抖，像一个漂浮在海面上遥遥无期地等待救生船到来的落水者。

天蒙蒙亮的时候，从省城的方向过来一辆大货车，县长不顾死活站在路中央，将货车拦住。货车司机紧急刹车，然后两颗头分别从驾驶室的两面车窗伸出来，破口大骂找死呀你？

县长站在货车的左前轮前，对司机表明身份：我是桂西县的县长……货车司机一听，吼道疯子，滚蛋！县长说我真是桂西县的县长，你们不是桂西县的吗？货车司机又吼快滚，不滚就压死你！县长没有挪动。车灯的光芒照射着县长的脸。坐在货车司机旁边的随员说，你别说，他还真像我们县的县长。货车司机说那就是遇上鬼了。真的碰上鬼了！县长大声辩道我不是鬼！他掏出身上所有的东西，具体地说是钱和证件，递给司机。司机小心接过钱和证件，交给身边的随员，具体地说交给货主或老板。货主看了证件，说不得了！真是。他赶紧打开车门，跳下车。

县长在货主和司机的扶持下坐在车上，吞吞吐吐地向司机和货主讲述漏车的经过和原因。货主和司机不信也得信，管他是因为什么，只要确信他是县长就够了，这比什么都重要。货主和司机连忙向县长道歉，而县长却向他们表示感谢。此时县长的身上已披上了货主脱下的棉大衣，像获救的难民，感受着人情的温暖。

大货车像一座活动的仓库，装载着货物和一县之长，向县城驶去。

也就在天蒙蒙亮的时候，县长的司机开车进了县城。他把车直接开到县长的家门口。车子像抵达目标的骏马停止奔跑，而县长还熟睡不醒，于是司机就提醒说县长，到了。但没有动静和回音。司机这才回头一看，县长居然不在车上？！

县长的司机驾车飞奔在来路上，像亡命一样紧迫超速。他急着原路返回去接县长或找县长。

县长在货车里看见一辆熟悉的小轿车迎面而来，却装作看不见似的与货车司机说话：师傅，贵姓？货车司机说：小姓韦。县长又问货主：老板，你呢？货主说：小姓黄。县长说：生意还好么？货主苦笑地摇摇头。县长回头看着包裹严实的车厢，说：装什么货呀？

就在县长回头的当口，货车与小轿车相会而过。

货主在县长回头的时候却注意着迎面过来的小轿车，好像没有听到县长的提问，所以没有回答。而县长也不再追问。他拍了拍货主的肩膀，说：放心吧。

县长在县城一个还很冷清的街道口要求司机停车，而那里离县政府还很远。货主说直接把你送到县政府去吧，县长？县长说不了，就在这里下。你那么多的货，拉到县政府可不方便。货主仿佛听明白了什么，叫司机停车。县长脱下棉大衣还给货主，并向他道谢。货主请求县长给一张名片。县长说：名片丢在小车上了，我给你写个电话吧。县长就给货主留了个电话。

货车开走后，县长看了看表，匆忙地走回县政府里去。

县政府会议室里，几十个单位的大小头目正等着县长做报告。县长一脸风尘和疲惫地坐在主席台上，开口先说：对不起，昨天晚上从省里赶回，半路上车子又出毛病，刚刚才到。让你们久等了……

县长的报告去了一个多钟头，布置任务又去了一个多钟头。散会的时候，正好是下班时间。

县长看见自己的司机，诚惶诚恐地站在会议室的门口等他，一副负荆请罪的样子。县长走过去，当许多人的面说：车子修好了是吧？司机发愣。县长说：修好了就好。我现在不用车，你一夜没合眼了，回去休息吧。用车的时候，我再叫你。

县长开完会就去陪地区来的一位领导吃午饭。半中的时候，去了一趟厕所。想不到司机跟着进了厕所里。司机当着县长打自己的脸。但县长像没工夫理会似的急着扭身进了厕所里的小单间，把门关上。

司机在小门外声泪俱下地向县长检讨和求饶。县长蹲在小单间里边一边听一边拉，一言不发。

终于小单间里有了冲水的声音，司机先看见了县长的头发，然后看见小门打开，接着看见了县长。

县长把手搭在司机的肩上，说：这不能怪你，因为我没有跟你说清楚。我其实是想拉大便，但我只是说小便而已。责任在我，不怪你。

司机一听，哭得更加伤心。县长说：不哭，不哭。洗把脸，跟我吃饭去吧。

县长和司机离开厕所。厕所里就有人也走了出来，但县长和司机都没发现。

不久，县政府大院都传县长要换司机，但一直都不见换。两人的关系一如既往的密切。

县长为什么一直都不换司机？有人说是因为县长跟司机感情太好，舍不得换；也有人说是因为司机懂得县长的事情太多，不敢换。到底哪一种说法正确？

在人们传说和等待县长换司机期间，发生了一件事——

个体业主黄某的整车货物因为漏税被税务局扣留，他嚷着要见县长：等着，我只要给县长打个电话！执法的人说：你凭什么？黄某说：我和县长的交情，可不能告诉你们！执法的人说：那你打吧。黄某拿着手机按照县长留的号码打电话，但接电话的人不是县长，而是县政府办公室的秘书。秘书说你是谁？黄某说我是县长的朋友。秘书说你找县长有什么事？黄某说这事你管不了，要县长才行，请你叫县长来接电话。秘书说那请你直接打电话到县长的办公室去。黄某说这不是县长办公室的电话吗？秘书说不是，这是县政府办公室的电话。黄某说那县长办公室的电话是多少？秘书说你既然是县长的朋友，怎么连县长办公室的电话都不知道？对不起，我不能告诉你县长的电话号码是多少。黄某被迫关了手机，纳闷地说他告诉我的就是这个号码呀？！执法的人说：算了吧，拿县长吓唬谁呀？我们要是把县长抬出来，你被罚得更重，信不信？黄某说那你们给县长打电话呀？告诉他我黄某有事找他。执法的人说打就打。执法的人拨通了县长的电话，把黄某的事情告诉县长。县长说黄某？哪个黄某？黄某在旁边向执法的人说告诉他就是那天夜里在路上搭他的车的那个黄某！执法的人说他说他搭过你的车。黄某说不是我搭过他的车，是他搭过我的车！执法的人说这人连你的电话号码都不懂，还说是你的朋友，现在又说你搭过他的车。你说怎么办，县长？黄某说你们讲县长不清楚，我来跟他讲！黄某伸手想要过电话，但执法的人不把话筒给他，并很快把电话挂掉了。

县长说他不认识你，执法的人说道，让我们依法办事。就算认识你，县长说了，只要做了违法的事，也是六亲不认！

于是，黄某眼睁睁看着执法的人将他的货物带走。黄某痛苦地一边看着货物的远去或失去一边在心里骂道，想想求我搭车时那个熊样，我认你是个县长，才在夜路上搭救你，不然你那泡屎拉到天亮也没人理你。我现在出了事，认都不认我，什么县长？！

# 讨 饭

教师节到了，县长照例要去学校慰问教师，就像三八慰问妇女、五一慰问劳模、八一慰问军属一样，当然慰问只能是部分的或具有代表性的。

县中无疑是每年教师节被县领导慰问的重点，这年也不例外。

县长一行在标语和师生的欢迎下缓缓进入县中，又缓缓进入早已布置好的会场。县长理所当然要在会上发表讲话，讲话是准备好的，但不是县长自己准备的，而是县政府办公室或教育局为县长准备的，这谁都能想到。但这年县长抛弃别人为他准备好的讲稿，即兴讲话，却是谁也想不到的。

县长说：今天，我是来向教师们检讨的，因为今天是教师节，而我还不能在今天让教师们按时、足额地领到工资，是我这个县长失职，我对不起你们！但是我向你们保证，欠教师的工资，我一定要补发、补够！我正在想一切办法，请老师们忍耐一些时间。我的车现在就停在外面，今天我坐着它进来，就不打算坐着它出去。我把它留在这里，什么时候我把工资补发了，补够了，我再把它开走。从今天开始，你们一天得不到补发工资，就朝我那辆车吐唾沫，但请不要把它砸烂。我说一不二，请老师们相信我。（掌声）县中是我的母校，坐在下面的，有不少是我的老师，也许你们因为有我这个当县长的学生而感到自豪，可是我却给你们丢脸了！我……（县长忽然结巴，附近的人看到他的眼睛在眨动，然后发红发润。受县长的影响，许多老师的眼睛也发红发润。）我也曾经是个教师呀。大学毕业我留校当教师，后来我的一位老师改行去当领导，我也跟着他改行去当比他小的领导，后来我的老师被提拔了，又把我提了一级。于是我被推荐回我们县当县长。我这个县长是从教师改行当上的。我们的许多领导在当领导之前都是教师，都是从学校出来的，但是当领导以后就把教师给忘了，把学校给忘了。我也是这样的人，但是现在我再也不是这样的人了。散会后请老师们看着我以步代车走出学校。还是那句话，你们一天领不到拖欠的工资，就朝我那辆车吐唾沫，操我的娘！我的话讲完了。

县长散会后真的徒步离开县中，他的身影被无数的目光送出校园。他留下的车子像一个重要的人质，让心慈手软的教师们诚惶诚恐地观望和守候。

离开县中后，按照安排，下一个要去的学校是县小，但县长手一摆说不去了！慰问取消了，但随从的人依然跟着县长。县长说还跟着我干什么，我一个人走不行吗？教育局局长就说你要去哪，我们用车送你去。县长说你们坐你们的车，我走我的路。我说过走路就是要走路，岂能当儿戏？

县长一面走路一面认真地想事，差点没像陈景润把头撞在灯杆上。他行走在路上，经过许多的酒楼，那些纸醉金迷的酒楼一个比一个豪华亮堂，像妖冶淫荡的妓女。看着酒楼，县长忽然灵机一动，像作家来了灵感。他盘算着让这些酒楼做些善举，像使妓女从良。

县长立即吩咐在县政府招待所举行午宴，请来的客人全是县城各中档以上酒楼的老板。老板们兴高采烈地前来赴宴，但都显得莫名其妙。

县长对一大桌酒楼的老板说：今天中午这顿饭，我请。我为什么请各位吃这顿饭？原因是这样，为了方便管理、节约开支，最近县政府打算出台一项规定，今后凡各行政、企事业单位的业务接待，须集中在指定的招待所和饭店进行，当然是以我们这个县政府招待所为主啦，在座各位的酒楼也要选一部分。那么这样一来，各位酒楼的生意势必要受影响，尤其是不能被当作定点的酒楼。因此我感到很抱歉，特地请你们来，备一杯薄酒，请你们谅解。

酒楼老板们一听，像屁股着了火似的，纷纷求饶：县长，使不得！使不得，县长！

县长说我也不想这样做，但是没办法。如果不定点集中，让钱毫无节制地流进酒楼，再富裕的县也要被吃穷吃空，何况我们是个穷县。知不知道，我每年的财政都要被酒楼吃去一大块！再不把这个大口堵住，我这个县长就当不成了。

老板们说县长也太夸张了。

县长说夸张？县里上个月就已经发不出工资了。今天是几月几号知道吗？九月十号。九月十号是什么节？教师节，对。我今天上午去慰问教师们，可我拿什么去慰问呢？什么也没有。我连他们的工资都不能在今天补发，拿不出钱呀！另外我很想请县城地区所有的教师们吃一餐饭。教师们苦呀，绝大部分一辈子都没进过酒楼。可是我请不起，县里没钱。

你们说我怎么办？你们都有孩子在学校读书，你们也有过当学生的时候，是不是？

到这时，老板们方才明白县长请他们来的真正用意和目的——不就是请教师们吃餐饭么？好办得很，我们分摊了！老板们表态。

县长站起来，说：好，爽快！请柬我给你们准备好了，以你们的名义，由你们送到各个学校去，时间就定在今天下午六点。哪个酒楼负责请哪所学校，县政府办公室也给你们分配好了。另外，菜你们可得做得像样点，别四菜一汤把老师们给打发了，到时候我可是要到每个酒楼去给教师们敬酒，看得见的。还有什么问题吗？

县长，那刚才你说的那项规定，还出台吗？有老板问。

县长笑了笑，说我还没给你们敬酒呢，我先代表教师敬你们，干杯！

送走酒楼的老板们，县长回头吩咐县政府办公室通知七个局（工商局、土地局、税务局、城建局、广播局、公安局、教育局）的领导两点三十分准时到县政府小会议室开会。县长特别交代，一定要第一把手来。

下午两点三十分，七个局的领导准时来到县政府小会议室。除了税务局，来的都是第一把手。县长问税务局副局长：局长怎么没来？副局长说：局长说，县长一定是想听工作汇报，我是管业务的，所以就叫我来。县长严肃地说：好，从现在起，你就是第一把手。副局长说：哪能呢？县长说：我叫的是第一把手来，局长不来，副局长来，说明局长愿意让贤。那好，就这么定了！局长们一看县长不像是开玩笑，都觉得庆幸。

县长对局长们开门见山地说：今天我叫各位来，主要是跟你们七个局筹钱，把上个月欠干部的工资给发了，尤其是教师的工资，非发不可。今天是教师节，你们懂得的。县财政一时拿不出钱来，只好跟你们筹，说丑一点讨也可以。为什么只跟你们七个局讨？原因很简单，你们都有小金库，或者说你们这七个局的小金库钱多。别跟我说你们没有小金库。谁说没有小金库，我明天派审计局去帮你们审计，谁的小金库没钱，谁的局长照当，但假如谁的小金库有钱，对不起，我只好把谁免了。另外，我这里有一份清单，是我从各个酒楼统计出来的，上面记录着各局接待费的总额。现在我就根据接待费的多少按比例从你们各局筹钱。土地局，七十万。税务局，七十万。工商局，六十五万。城建局，六十万。公安局，六十万。教育局，五十五万。广播局，五十万。怎么样？

除了税务局副局长，其他局长们哑口无言，看县长的架势，他们似乎懂得，抗议也是白搭，最终还得乖乖拿钱，除非不当局长。只有税务局副局长说：我还得回去问局长。县长说：你现在就是第一把手，还问谁？我说过的话绝不是开玩笑！你是管业务的，我问你，你的小金库有没有钱？副局长说：有。县长说：一百万有没有？副局长说：差不多。县长说：我只要你七十万，可以吗？副局长说：什么时候要？转到哪？县长说：钱今天就要到位，都给我转到财政局。谁的钱不到位，明天我就派人去帮谁清理财务。请各位好自为之。

局长们告别县长，未出县政府大门就开始骂骂咧咧，只有税务局副局长没骂。其他局长就恭喜他。副局长笑笑，说：

运气，运气。

骂归骂，血还是照样得放。到下午六时，县长给财政局打电话，管账的人告诉他：一共来了四百三十万。

县长如释重负，兴高采烈地去了酒楼。

喜气洋洋的教师们看见县长，更是激动不已，他们大都是第一次进酒楼，而且是和县长一同吃饭。但他们并不知道，他们吃的这顿饭，以及明天他们将领到的工资，是县长通过非常的手段讨来的。

## 攻坚菜

县长每天要接待很多的人，所以要喝很多的酒。县长喝酒与众不同，喜欢喝的是自酿的农家酒，戏称“土茅台”。接待办的人知道县长喜欢喝“土茅台”，就到农民家里去订购，每次两三锅。农家酒度数低，成本也低。总之招待所里农家酒是常备不断。遇到县长在别的酒楼见客，而那个酒楼没有农家酒，就把农家酒送去。另外县长喝酒用的是碗而不是杯。用碗敬酒可以一次性同时敬完全桌的人，来宾一人喝一杯，县长喝一碗，既显出诚意又省时间。县长刚当县长的时候，是这么喝的。但后来县长发觉这么喝下去不行，自己喝得太多，虽然农家酒度数低，但有时候一个晚上要接见四五批来宾，见一批喝一碗，那就是四五碗，这还是最起码的。遇到来宾反敬的，敬一杯喝一杯还好，要是和你每人干一碗，而且这个人是对你或对你这个县举足轻重的人物，你说喝还是不喝？当然要喝。这种人只有一个也罢了，一对一。可是这种人太多，每个人似乎都很重要又很能喝，而县长势单力薄，以一当十，难免寡不敌众。酒喝多了，尽管交情加深了，但却伤了身体和心性。

于是，县长想出了一个办法，具体地说是发明了一个菜。菜的材料是牛肚。县长吩咐厨房把牛肚用水清煮，然后每块白切成巴掌大，端到桌上。每当县长到场，都交代上这个菜。菜上来了，县长一手拿着一碗酒，一手夹着一块牛肚，一一敬给来宾，要么喝酒，要么吃牛肚，让来宾任意选择一种，并强调说这是当地人敬贵客的传统方式。来宾们开头一看几乎全选择牛肚，县长就把牛肚送到来宾的嘴边。来宾用牙将牛肚一咬，往往像咬皮带一样根本咬不动，有咬得动的，又没法嚼，更没法吞，只好举手放弃，改喝酒。其他来宾看见如此难啃，不敢再试，宁可喝一碗酒，也不啃恁大一块牛肚。而县长则不然，他夹起牛肚往嘴里一送，牙齿喀嚓喀嚓地啃嚼起来，像快刀剁菜一样，将牛肚嚼碎，然后吞进肚里，让在座的人无不目瞪口呆！

县长用这种方法，使来宾喝了不少的酒，而使自己少喝了很多的酒！

以后不管对谁，县长都如此对付或应付。

这天，樊副省长来到县里视察扶贫攻坚的情况，未听汇报而是先吃饭，因为到的时候已是中午。

县长如法炮制，同时将一碗酒和巴掌大的一块牛肚敬给樊副省长。樊副省长一看，说这是什么意思？县长说：这是我们这个县敬尊贵客人的一种习惯，可以喝酒，也可以吃牛肚，随客人自愿，但必须接受其中一种。客人喝酒的话，那么主人就吃牛肚。客人吃牛肚，主人就喝酒。樊副省长从来没见过切那么大的一块牛肚，感到好奇，说：我吃牛肚吧。县长说：好，你吃了这块牛肚，我就干了这碗酒。樊副省长将牛肚往嘴里一放，用牙一咬，哎呀大叫，牛肚落地。太硬了，我啃不动，樊副省长说。县长说那就喝酒吧。樊副省长说你啃得动吗？县长二话不说，夹起一块牛肚送进嘴里啃起来，然后吞了下去。樊副省长惊讶地说这是什么菜呀？县长脱口就说：攻坚菜。樊副省长说：攻坚菜？为什么这么叫？县长说：我们这个县自然条件十分恶劣，九分石头一分土，六十万农民长期生活在温饱线以下，经过这些年的艰苦奋斗，已经有四十万农民解决了温饱问题，但还有二十万人尚未脱贫。现在是1998年，可以说扶贫攻坚已经到了紧急关头，成为我们这届县政府的首要任务。尽管依然面临很多的困难，但越是困难艰巨我们越是要努力奋斗，改天换地，就像这块牛肚一样，越是难啃我们越要啃，一定要把它消灭掉，把贫困消灭掉，决不能把贫穷带入二十一世纪！

樊副省长一听，激动地说好！攻坚菜是这么来的，很有意味，很好！这个菜我一定要吃。我们在座的每一位都要吃，拿出扶贫攻坚的精神来，拿出县长刚才啃牛肚的劲，把摆在我们面前的一切艰难困苦攻克掉、消灭掉！

樊副省长说完重新夹起一块牛肚，异常坚定地吃了下去。

在樊副省长的感召下，桌上的牛肚全部被消灭一空。

后来，樊副省长在会上做报告的时候，提到了攻坚菜，以此阐明扶贫攻坚的意义，倡导一种艰苦奋斗的精神。

县长发明的这个菜，到这时才有了一个正式的名称。

## 申冤

县长当了四年的县长，也就是说一届任期已满，这年，就不再当县长了。组织上将他调回省里他原来所在的大学，任工会主席（副厅级）。括弧里的说明表明县长得到了提拔，但居然没有人相信。在行的人懂得，这是明升暗降。不懂行的人干脆认为，这是贬职。

县长不再当县长的消息在县里一传开，像四季的风一样，让很多人感到冷，感到凉，当然也就会有人感到暖，感到热。县长当了四年的县长，做了很多的实事。这些实事在许多人眼里是好事，但是在一些人眼里却是坏事。因此县长既有人爱，也有人恨。

县长无疑是被恨他的人告倒的。有很多人这么说。

告肯定是有人告，可是告人是要有根据的，没有根据的乱告，组织上也是会澄清的。也有人这么说。

县长没有错。如果说有错的话，就错在县长的妻子没有随县长来县里工作。到县里当县长，妻子怎么能不跟来呢？当堂堂那么大个县长，妻子又不在身边，没事都能给你生事。这种事情就是组织上替你澄清了，说你没有，但你已经不适宜在此地当官了。何况，你能说清你真没有吗？

个别人说。

县长觉得这个别人的话一针见血，触及到了根本上。

县长其实是希望妻子跟他来县里工作的，但是妻子不愿意来。妻子怎么会来呢？县里没有大学，而妻子是大学教师，难道来县里做中学教师不成？

县长一个人在县里生活，尽管十分的检点，但还是防不胜防，因为向他献殷勤的女子实在太多。她们抱着各种各样的目的，想方设法与县长接触，向他进攻。县长为了不使她们难堪，总是用开玩笑的方式委婉地拒绝。有时候玩笑开大了，反而更让人想入非非或信以为真。

有一次县长要给某人打电话，但电话号码本忘在了房间里，便让人去取。接待办的黄玲抢先接过县长掏出的钥匙。县长说你知道我的电话号码本放在哪里？黄玲猜道在床头上。县长其实也不记得电话号码本放在哪里，就说：哟，那么想上我的床呀？黄玲说当然。县长说好吧，那就到我的床上去吧。黄玲拿着钥匙开门进了县长的房间，真的在床头找到了电话号码本。但她没有立即将电话号码本拿给县长，而是先帮县长收拾房间，把房间整理得干干净净后才离开。县长等了很久才拿到电话号码本，就问怎么去那么久？黄玲说房间那么乱，我顺便把房间给收拾干净了。县长说很快嘛，当上我的家庭主妇了。黄玲说可是我爱的是一个不回家的人，独守空房而已。县长接着边翻本子找号码边说，黄玲，你没有看我的电话号码本吧？黄玲说看了。县长说完了，我的秘密全在这本子里。不过，你是不会把秘密说出去的，我们俩的关系那么好，是不是黄玲？

言者无意，听者有心。县里的人传说与县长相好的女人是黄玲，甚至不止黄玲。这些流言当然会传到县长的耳朵里，但是县长没有认真去理会，以致流言越传越广或越扩越大，像瘟疫一样，最后导致县长受到了侵害。

当然流言不仅是女人或作风方面，还有金钱或经济方面：当了几年的县长，做了那么几件大的工程，每项工程捞几十万，那不就是一百多万么？还当不当这县长无所谓，反正女人玩腻了，钱也捞够了。

县长到这时候才觉得自己真冤，比窦娥还冤，但又有口难辩。县长这时候已是原县长了。

一封新的举报信或告状信在县长离任时又来到了中纪委。举报信这次详细地列举了被原县长利用职权玩弄的女人的名字、时间和地点，以及向原县长行贿的包工头的名字和金额。举报信写得头头是道、有板有眼，引起了中纪委的重视。中纪委批示省纪委严肃认真查办。

省纪委调查组进驻县里，按图索骥找到举报信里列举的女人和包工头，展开调查。

但被问及的女人和包工头，无不赞叹原县长高风亮节，并为原县长鸣冤叫屈。

比如黄玲在回答是否被原县长利用职权玩弄时说：事实上，是我在勾引县长，但未成功。我从来没有遇到过这样有魅力而又坐怀不乱的男人！

比如包工头田原在回答原县长是否收受其二十万元贿赂时说：是的，我曾送二十万元给县长，但是被他拒绝，还把我一顿臭骂。像这样不贪钱的官，我还是第一次碰到。

…………

调查组经过调查取证，查不出腐败分子，反而发现了一名清正廉明的好官来！

那个举报原县长的人，想给县长栽赃，没想到却为县长申了冤。这个做好事的坏人是谁？

恐怕这个谜只有原县长能解了。

1999 年

# 操　场

操场上的狗加起来比在校的师生还要多，它们如团体观光的游客，早早地在荒芜的操场上集结和会合。太阳的光亮刚罩在河对岸的山头，像是一个裸睡的老人早晨起床，先把帽子戴上。老人穿衣戴帽的速度是很慢的，因此河这边的山要全身上下都穿上阳光的衣裳，时间还有很长。很显然这些赶早出动的狗不是为了来晒太阳的，它们看起来比那些绿茵场上的球员还要精神抖擞、斗志昂扬。

小学校长站在打开的门户里边往外看，心想这些狗真是嗅觉灵敏呀！它们绝大多数都是翻山越岭远道而来，因为绝大多数的狗，他都不认识，它们不是来自附近的屯子。小学校长感到十分新奇和茫然，就像新学年开学第一天操场上站得满满的孩子。但根本上狗是不同的，小学校长断然地想着，狗是不读书的。山里人养狗不需要花钱，连粮食都不需要，就像玉米的成长和培养，只要肥料就够了。小学校长自信地想，只要阻止那条风骚的西洋狗继续窜到学校里来，操场上的狗也就自然而然地减少和分散了。

小学校长迈出门槛，走上操场。翘首以待的狗看见有人来到它们中间，纷纷将尾巴朝上摇摆。它们像机场上为贵宾挥动手臂、彩旗或鲜花的群众，把踽踽独行的小学校长捧得心头发热。他前进一步狗跟着动一步。不管他走到哪里，都脱离不了狗群的追踪和围拥。就在亦步亦趋的狗群中，小学校长看见自家的黑狗，也像同类或同伙一样争先恐后。“这个不长心眼的东西，就是它把西洋狗窜来学校的消息传出去的。一传十，十传百，满山遍野的狗都知道了。”小学校长心想，并忽然觉得他无意中成为狗群的先锋和向导。他原先把西洋狗堵在校外的计划或想法，像被泄漏题目和答案的考试，被迫取消。

西洋狗得以像昨日一样，窜到学校里来。

学校里没有学生，至少现在没有。比教室的窗多、比操场上的狗少的学生，他们还在上学的路上。还有一名三天打鱼两天晒网的教师，恐怕现在还躺在自家的床上做梦。他已经两个星期不到学校来了，因为他已经两个学期吃不到统筹的粮食了，而在他之前有三名教师早就辞职了，他们的名字已像忘了收拾的粮食一样发霉。动乱的学校里，用两只脚走动的，只有小学校长。

现在看来，学校里的人和狗，人显然是多余的。

仿佛是天使出现在人的面前，西洋狗奇特美妙的音容体貌，令粗陋野蛮的土狗为之倾倒！

确实，山环水绕的僻壤，在此之前，凡是长眼睛的，都没见过这样的狗：它娇小玲珑，毛发绒长而且纯正。如果不仔细看，会以为是降落到山底的一只白鹤。但这不是白鹤，小学校长看得很仔细。它分明是狗，但却是和山里的土狗有天壤之别的狗，就像富人和穷人同样是人但却千差万别一样。这样的比喻是很实际的，小学校长认为。他具备的文化素质能帮助他做出这样的思考和辨别，那就是这只狗是外国种，它或许生在中国但它的血统和渊源是在外国。这种狗虽然不能看家和打猎，但却无比高级和名贵。它是供人娱乐和玩赏的，只有富人才养得起这种狗。因此昨日当小学校长看见这样一只西洋狗窜来学校的时候，就知道是谁回来了。

事实上小学校长的嗅觉比狗的更加灵敏。他虽然不能准确地判断西洋狗是外国名犬中的哪一个品种，但却能清楚地认定西洋狗的主人是韦正常家的女儿韦桂娥——小学过去的一名教师。

操场像一个浴盆，赤身裸体的狗在这里受洗。光天化日，它们的性别表露无遗。最早洞察西洋狗双门阴户的，无疑是那些公狗。公狗们对西洋狗的条件反射是极其迅速的，身体或生理上变化最大的首先是亲爱的阳物。它们像动画片中经过特技催发的竹笋蓬勃兴起，又像轻率出鞘的暗器锋芒毕露。这些狗控制性冲动的能力真是很差，在这一点上，它们很不如人。比方说不如美院里的男生，他们长时间对着裸体女模特体察入微，不管在场人多还是人少，就是能够控制自己，并且自如地运笔作画。再比方说也不如少男少女对异性明星的崇拜。他们看见明星的时候，不管多么狂热，始终都不会放浪形骸。因为狗没有廉耻，所以狗历来都被人看不起，被人打骂。小学校长这么一想，问题又出来了，那就是山里人随便，对自家的狗放任自流，让它们到处乱跑。可是，桂娥怎么也不管好自己的狗呢？她可不能还算是山里人，自从她在城里做了有钱人的太太或情妇后就不是了。况且，她的狗也与众不同呀！她应该用链条把它锁住，那么，即使一个上午她都在睡懒觉，狗也不能出门流窜。

现在天绝对是大亮了，尽管阳光还没有开始渡河，但是已经把对岸的山照得彻底。这个时候，趁着阳光还嫩和没有完全普及的机会，河两岸的农人，已经该干的活路干得紧迫。稻田里的水稻基本上是不管了，连续三个月的干旱使每一株禾苗失去了抽穗的能力。稻谷是没收成了。现在还有一线生机的只是玉米地里的玉米，它们像难民营里的难民等待人道的救助。所以玉米地里集中了所有能调动的人力，他们像护士对待伤病员一样细心地拔掉地里的草，以免它们和玉米争夺水分和肥料。然后把使用过的水，诸如洗菜洗脚用过的水，担来玉米地里使用，正确地浇在玉米的根部。这样不轻易浪费一滴水的现象毫不夸张，尤其是离河岸很遥远的山弄里的居民，在这个干旱的季节，全都得到河里来挑水。相比之下，靠近河流的居民是够好的了，他们半个小时可挑回一担水，但是山弄里的居民却要用上半天乃至一天的工夫。当天长久不能下雨时，河流显得如此重要，就像是人的血脉。而河流岸边的房子，就像是俯瞰虫鱼的鸟巢。从山脚或操场上面向河流，河水是看不见的，因为河谷很深而流量很小。但河岸上的房子是肯定能看得见的，它就像一辈又一辈娇生惯养的人，受现在的人羡慕和嫉妒的目光注视。但这样的房子其实又是很少，在过去的年代里，直接把房子建在河岸的道边，被认为败坏风水并且凶多吉少。它唯一的益处是赶圩和用水的时候少走几步路，此外可以说是祸患无穷。比如说它注定成为走水路和陆路的人落脚的地点。而过往的行人又是多么的复杂，就像林子大了什么鸟都有，他们密密地从家里进出，假如是善人不怕多，而恶人只要遇上一个就够了。因此选择在河岸的道边安家落户是聪明而且勤劳的先民所避讳的，而在此造房的祖先从来都被认为是好逸恶劳，他们的子孙也极少被人尊重，因为村屯里历来游手好闲的人，基本上是他们的后代，难怪人们不得不说这是遗传。然而自古以来人们的观念还是发生了改变。野兽居然也在灭绝，山泉尚且也会断流，那么还有什么东西不会停止或不发生改变的呢？风水是会转动的，就像人的气脉。福运如见异思迁的燕雀，从一家的屋檐飞往另一家的屋檐，从北飞到南。那河道边的房子，就像鲜亮的燕窝。那其实比燕子珍贵的西洋狗，就是从其中的一座房子里出来的。

学校仍然被狗盘踞，像是收罗散兵游勇的营寨。操场上很快发生为抢夺西洋狗或霸主地位的打斗，像是人类反动营垒或集团为了争抢美女和权力而发生的内讧。这基本上是公狗或雄性之间的事情。公狗们相互驱赶和撕咬，西洋狗和其他母狗被置在一旁，像是讨厌战争却热爱英雄的妇女，等待英雄的诞生。小学校长的黑狗毋庸置疑也投入了激烈的打斗。它为公平和保护西洋狗而战。“这是何苦呢？”小学校长心想。他的视线不停地被自家拼命厮杀的黑狗牵引、拉扯和揪住。

尘土和狗的吠叫在操场上飞扬。上学的学生来到学校。

小学校长的眼前隐现着一排小树，这排小树遮挡住少许丑陋和野蛮的事物。但小学校长原来的目标，已被这排小树取代。尘土飞进他的两只眼睛，使他无法看清小树的真实面目和数目，但是他心中有数。“十一。”小学校长心想。他果然不是瞎猜。“立正！向右看——齐！向前看！报数！”他发出的口令很快就有了反应：

“1！”

“2！”

“3！”

“4！”

“5！”

“6！”

“7！”

“8！”

“9！”

“10！”

“11！”

“稍息。”小学校长说。

“立正！”小学校长又说。他的声音像锣鼓一样清脆，掺和进狗的吠叫声中，像净水消失在脏水中。“现在，本来我们应该做第七套广播体操，像往常一样。但是今天情况特殊。

我的收录机没有电池了！”小学校长撒了个谎。“所以请同学们现在就进教室去。听我的口令。向右转，齐步——走！一二一，一二一，一二一……”

目标在口令中行动，在行动中逐渐分明，在分明后一个接着一个消失。十一名求学的儿童隐进残陋的教室，像是为了逃避鹰隼，一窝小鸡躲进鸡笼。“不管怎么样，我得再洗一次脸。”小学校长心想。

他回到自己的宿舍，它其实就在教室的隔壁，准确地说是在有十一名学生教室的隔壁。学校有五间教室，也有五间教师的宿舍，它们像五台配套而老化的机器安顿在山底，但现在启用的只有一台，其余四台空无一人并且充满尘埃、蜘蛛网和老鼠屎。它们曾经都充满生机。朗朗的读书声比机器的鸣响还要悦耳动听。两百名学生和五个教师的学校曾经使小学校长心满意足并自得其乐。但如今这所学校只剩下十一名学生和他自己。小学校长多么失望和沮丧，像一个破败和没落工厂的厂长。他把十一名却分别为五个年级的学生集中到一间教室里，分门别类地教他们语文、数学、自然、社会、品德、音乐和美术，像一头既犁田又拉磨的黄牛。好在他岁数不大，刚过三十，这个年龄作为牛已经老掉牙了，作为女人也姿色渐衰，但是作为男人还身强力壮。小学校长又洗了一次脸后顿觉神清气爽、耳聪目明。刚才被操场上的尘土和聒噪感染引起的郁闷和困乏一扫而光，仿佛一场雨后浑浊的天地一派晴朗和明净。

几分钟后小学校长从宿舍里出来，粗略地望见狗还在操场上打斗，但是没有看出胜负，因为他只瞄了一眼就进了教室。

小学校长走上讲台，十一个学生却没有一个坐在座位上。他们全到对着操场敞开的两个窗口，手抓窗棂，咿呀叫唤，看上去很像一批小囚徒鸣冤叫屈，实际上是在为操场上一只漂亮的西洋狗和为了西洋狗而殊死争拼的土狗们激动和喝彩。

仿佛是溺爱这些孩子或仿佛这些孩子与自己无关，小学校长显得十分容忍和无动于衷。他没有动作，也没有声张，而是静默地站立，像一个旧时代同情革命的进步军阀。他的一反常态受到学生们的喜欢和尊重。在大饱眼福之后，学生们自觉回到座位上，全神贯注地看着可爱的老师开口说话：

“同学们好。”

“老师——好！”学校的学生回答。

“在上课之前，我想问一下同学们，刚才你们都看见了什么？”小学校长说。

学生们咧着嘴笑。

“看见了许多狗，是不是？”

“是——”学生们答应。

“那么，你们看见狗和狗之间有什么不一样的吗？”

“有！”有的学生说。

“讲一讲，好吗？”

“狗有公的和母的！”一个学生说。

“对，还有呢？”小学校长说。

“有黄的、白的和黑的！”另一个学生说。

“对，还有呢？”

“有大的、小的，有老的和没有老的！”

“对，还有吗？”

“……”学生们面面相觑。

“还有吗？”小学校长深入询问，并加以启发：“比如说狗毛的长度也不一样呀，有长的也有短的。”

话音刚落，一个学生脱口而出：“我知道了，有吃屎的和不吃屎的！”

其余的学生哄堂大笑。

“笑什么，我姑的狗就不吃屎！”被耻笑的学生说。

其余的学生还笑。

“操场上那只毛白白长长、漂漂亮亮的，就是我姑的狗，就是不吃屎！”被嘲笑的学生委屈地说，并求救地看着小学校长。

小学校长说：“韦小宝同学说得对，狗有吃屎的和不吃屎的，比如他姑的那条狗是不吃屎的，为什么？因为那是一条洋狗。洋是什么意思呢？洋是外国。洋狗就是外国狗，是从外国带进中国的狗。洋狗为什么不吃屎呢？因为养狗的人都有钱。有钱人餐餐吃肉，也餐餐有肉喂狗吃，狗吃饱了肉，当然就不吃屎啦。另外有钱人都有功夫打理狗，有水给它洗澡，完了还用梳子梳它的长毛，所以狗才显得那么整洁、卫生和漂亮！我为什么要向同学们提问和解释这些？是因为我想说明这样一个事理，那就是狗和狗之间都不一样，那么人和人之间也是不一样的。在这个世界上，有很多种人，比如白种人、黄种人、黑人和棕色人种，在各个人种里又有好人和坏人，富人和穷人，等等。那么，我们是属于哪一个人种，又是那个人种中的哪类人呢？我们是黄种人，是黄种人里的好人和穷人。为什么这么说？因为我们的皮肤是黄的，心是红的，而吃的是苦的。那么，做好人好不好？做穷人好不好？做好人是好的，而做穷人是不好的。我们不想受穷，但我们现在是穷人。那么，以后能不能成为富人呢？能。只要同学们胸有大志，认真读书并且让你们的家长坚持送你们读书，让你们读完初中、高中，再考大学，然后参加工作，领国家的工资。将来对国家的贡献越大，得到的报酬也就越多，那么也就越能成为富有的人。当然，致富的路子很多，不仅仅是当干部这条路，但是读书是很重要的。只有读书掌握知识，才能知道世界多大，才想到要到山外的天地去闯。你们都知道韦小宝的姑姑吗？我想四、五年级的同学一定还记得，你们读一、二年级的时候，她就是你们的老师。但是到你们读二、三年级的时候，她就不是了，因为她到山外的天地闯去了。山外的天地很大，有许多许多的城市，城市里又有许多许多的有钱人。韦小宝的姑姑就在城市里闯荡，与有钱人打交道，因为她聪明、漂亮又有文化，所以很快就发达了，成为一个有钱人，在其中一个城市里过上了幸福的生活，养起了洋狗。刚才你们看见操场上的那只洋狗，就是她从城市里带回来的，让你们增长见识和大开眼界。”

小学校长的话一说就是一串，就像一个神童当堂把一篇作文一挥而就，并且在课堂上念读时被其他人听得入迷。十一个学生的脸像向阳的葵花朝着小学校长，他们的姿势态度更像是对前途充满希望的乘客。教室像停留在山沟里的破车，而小学校长却像一位热情洋溢的导游，他不能让已经少得可怜的乘客从他脸上看到阴影。

“下面，我们正式上课。”小学校长边说边翻动台面上的课本和教案，布置道：“一年级写语文第七课生字。二年级预习语文第八课。三年级选一种你们最喜爱的动物画一张画。五年级做数学第……39 页第一、二、三道练习题。四年级听我讲课。”

然后，教室里便有了各种各样的动作或行为，产生这样一番景象：有三个学生在写生字，有三个学生在预习课文，有两个学生在画画，有一个学生在做练习。那么，在听老师讲课的，就只有两个学生。

小学校长用粉笔在黑板的中部上方写下三个大字：

**中国石**

这是为四年级的学生写的。两个十一岁的男童在他们的语文书上，翻见了这篇课文。他们坐在教室的左后方，一人管着一张桌子。最靠近他们的墙没有窗口，也就没有通风，所以每次上课他们总是最先得到老师的照顾，就像越是偏远的地方越不被计划生育工作队忽略一样。

写完“中国石”三个字，小学校长来到四年级学生的身边，用意是节制讲话的音量，尽可能减少声音对其他年级学生的影响。

照常规是要先把新课文念一遍，小学校长今天一如寻常。“驻守在戈壁滩上……”他开始念课文。这是一则描述戈壁滩上边防军战士精心对待一块石头的故事。他们将一块石头视为珍宝，因为这块石头像一只傲然挺立的雄鸡，而祖国版图酷似雄鸡，所以这块石头被战士们称为“中国石”。

“……回到哨所，大伙像看稀罕似地抢着看中国石。为了让我保存好这块石头，连长拿出了自己装军功章的盒子……”念到这里，小学校长掉头看了一眼其他年级的学生，当觉察到他们都正在分别做他布置的内容时，又回头继续念他的课文。

阳光此时不知不觉过渡到学校里来，像溪水一样涓涓流进窗口，泻在靠近窗边的学生身上。

韦小宝是最先沐浴到阳光的人。他和另一个同学正在画狗，所不同的是另一个同学画的是白狗，而韦小宝画的却是黑狗，因为韦小宝有足够的墨汁把狗涂得全身漆黑，而另一个同学的墨汁少得有限，所以画的狗是白的。白狗和黑狗被两个颇具灵性的学生认真地勾勒和涂抹着。模特是现成的，几乎不用做什么虚构。操场上的狗比比皆是，任由用目光去挑选和捕捉。

单说韦小宝所画的狗，第一条就是小学校长家的黑狗。它可真是一条勇猛而平易近人的狗，就像主人一样威严而可亲。韦小宝从来都喜爱这条黑狗，那种旷日持久的喜欢并不因为西洋狗的出现而有所改变。当然他也很喜欢姑姑的西洋狗，那毕竟是一种别开生面的美妙动物。

但是当老师布置画一种喜欢的动物时，韦小宝还是选定画了老师的黑狗，这不全是因为韦小宝有使狗全身生黑的颜料，肯定还有别的。在日常生活里，韦小宝和老师的黑狗关系最好。黑狗在他心目中的地位是洋狗无法取代的，因为等爷爷一死和出殡，姑姑又要走了，肯定把洋狗也带走。而爷爷是活不了几天了。所以韦小宝不用心去和洋狗发展亲密关系是明智的，免得姑姑把它带走后他心里难过，而且还与黑狗疏远有了隔阂。因此韦小宝的创作乃至生活倾向和态度十分明显。他是动了心思才用笔墨去画老师的黑狗的。现在，他的眼睛在黑狗和黑狗之间转动。他的目光时而穿出窗外，观察操场上的黑狗，时而落回纸上，把捕捉到的特征通过笔墨和手段，逐步变成黑狗的形象。但无论是看狗还是画狗，对韦小宝都十分艰难，因为老师的黑狗正在操场上与多于自己数倍的来犯之敌进行搏斗，而他拙劣的笔墨根本无法生动、逼真地表现出黑狗搏斗的姿态或情景。比如说黑狗正在奋勇地抵挡十几条狗的疯狂攻击，它是为了保护西洋狗不受侵害而遭到报复，就像一个好人为了救一名纯洁高贵的姑娘不被奸污和掠夺而遭到一群坏人的殴打。黑狗的处境十分危险，但是它非常的顽强，像警察一样勇敢。它的身体在出血，就是说在黑色中又有红色。而且它搏斗的姿势或动作很多，没有一种是固定的。那么，十一岁的韦小宝如何能把这些画到纸上？

时间像声音一样无形不可触摸，但是通过人的行为过程却可以觉察到它的流动和存在。它和小学校长的声音一道在教室里正常发挥着效率和速度。

小学校长念完课文，再叫四年级的学生念一次。然后提出两个问题，让他们思考。“‘中国石’是什么样子的？为什么取名叫‘中国石’？”他说。刚刚说完，小学校长忽然听到“哇——”的一声尖叫。

尖叫声发自三年级学生韦小宝的嗓子眼，因为小学校长掉头去查找发出尖叫的学生时，其他的学生都在注意着韦小宝。

他迅速来到韦小宝的面前，奇怪地看见韦小宝一双惊骇的眼睛和一张没有合拢的嘴像三个恐怖的墓穴在向他打开。韦小宝的嘴大开着，却再也不发音，仿佛是有大过他食道的的食物在扩充他的食道。小学校长就说：“韦小宝，告诉老师，发生了什么事？”

韦小宝努力了很久，才说出话：“老师，黑狗它……被很多狗咬住不放，它……它倒下去了！”

小学校长的目光穿出窗外，很快发现他的黑狗躺在地上，因为操场上的狗骤然减少，或者说全部散开，使得操场上出现一条宽广的路，让小学校长的目光一眼就能抵达黑狗的身上。

小学校长通常看完手腕上的手表后，才宣布下课。但今天这一节课仿佛被他估算得很准。学生们意外地看不到老师看表，就被告知下课了。

第一个离开教室的，是小学校长。但是来到黑狗身边的，小学校长却是最后一个。他的学生都比他速度快，就像是跑向海边抓住船只的孤岛上的难民。

但是，学生们留出一个很大的空位，让给了老师。

小学校长清楚地看见被咬破喉咙的黑狗，平静地卧倒在地，已看不出有多大的痛苦。流在地上的血，其实也不是很多，再经过已变得热烈的阳光一晒，血看上去已经不像是血，而更像是发烫的豆油。它的眼睛虽然还睁开，但是已经失明，因为许多熟悉的面孔，都不被瞳孔吸收。

倒是那些散开在操场周边的狗，把默立的人们放在眼里。它们像随时准备逃窜的匪徒和匪属，对糟糕的局势做最后的观望。险恶的事态对它们显然不利。因为有了人的干预，它们所有的梦想和目的都不可能得到实现。现在，它们唯一的需求是如何保全性命，而不是寻欢作乐。那条风骚的洋狗就像人类挑起祸端的美女，被狠狠地隔离和疏远。它孤独地站在一个相对空旷的地面上，像一名被唾弃的女人独守空房、备受冷落。没有任何动物还愿意对它亲近和狂热，包括其实已经很熟悉和喜欢它的主人的侄子韦小宝。

韦小宝搂抱和抚摸着奄奄一息的黑狗，泪流满面地看着三四年前差点成为他姑父的老师，强硬地说："我要把这件事告诉姑姑，让她赔！"

小学校长蹲下来，轻轻地拍了拍韦小宝，说："小宝，你是个好孩子，但是别把这事告诉你姑姑。因为……很不值得。"

韦小宝两眼圆睁，那疑惑不解的神情，在课堂上听老师讲解深奥的题目时，有时候也会有。

这个时候，气温是越来越高了。在酷热的阳光下，操场像一块巨大的煎饼，而人和狗就像煎饼上的芝麻、葱花或者大蒜，散发着咸淡的香味。这么大的煎饼，要等到夜晚，满天披挂黑色衣裳的神圣，才能吞吃。

1997 年

# 十七岁高中生彭阳的血

1994年9月12日这天，彭阳看上去已经很反常了，但父母还感觉不出来。彭阳突然拉弟弟去照相的时候，父亲就在身边。父亲黑硬的脸，像一块铁。彭阳再没有问父亲要钱，而此时彭阳身上一分钱也没有。身无分文的彭阳却要拉弟弟去照相，让父亲觉得这个判给前妻的儿子身上是有钱的，没钱只是母子俩从他身上揩油的一个借口，所以昨天晚上彭阳问父亲要钱而做父亲的不给，父亲觉得是对的。

昨天晚上，彭阳问父亲要钱，只是为了买一双跑鞋，参加学校的军训。学校的军训已经进行一个星期了，彭阳一直穿着一双旧皮鞋在跑。旧皮鞋很快变成了破皮鞋，彭阳的脚也成了烂脚，起血泡的地方已经化脓了。负责军训的老师叫彭阳换一双鞋，彭阳没有鞋换。老师和同学不知道也不相信那是彭阳唯一一双鞋，彭阳不可能连一双鞋也买不起，因为彭阳的父母亲都是做生意的老板，一家老小都住在一栋五层的楼房里。但很少有人知道，彭阳的父母在三年前就已经离婚，彭阳被法院判给母亲，弟弟则判给父亲。五层的住房除第三、第五层给母亲外，其余的归父亲。少分了一层楼的母亲觉得很不公平，她要求占了便宜的前夫承担儿子的读书和生活的费用，但遭到前夫的拒绝。于是彭阳被互不相让的父母推来推去，像一只球一样，从十四岁踢到了十七岁。昨天晚上，十七岁的彭阳一瘸一拐回到已分裂成两个世界的家，见了已对立得如同仇敌般的父母。他先是跟母亲说妈，我想买双鞋。母亲还是一句老话：去跟你爸要。彭阳说不能不去跟爸要么？就一双鞋。母亲说去，为什么不去？我少得一层楼，也就是你少得了一层楼，他得在你身上进行补偿。彭阳说我现在不想争一层楼，我只想要一双鞋。彭阳抬起化脓的一只脚，说你看我的脚都烂成这样了。母亲看着儿子的脚，沉默了一会，说你就这样去给你爸爸看，看他心疼不心疼？光着脚的彭阳从五楼下到二楼，站在父亲的面前。父亲一看就说又是你妈叫你来的吧？这次是什么名堂，想要多少？彭阳说我只想买一双鞋。父亲的回答斩钉截铁：少来这套，回去告诉你妈，没门！彭阳已经记不清父亲是多少次说这句话了，但他当时就想，这肯定是最后的一次了。

现在，彭阳果然不再跟父亲说什么。他拉着弟弟，说弟弟，我们去照张相吧。十三岁的弟弟正在看他喜欢的一部电视剧，说不，我不去。彭阳说你不去，那你以后就不能和哥哥一起合影了。弟弟说为什么？彭阳说因为我不会再给你机会了。弟弟迟疑了一会，说那好吧。

彭阳和弟弟来到街上，满目的商店五花八门。彭阳看见了一家照相馆，却不带弟弟过去，因为他现在身上没有钱，弟弟也没有。经过一家游戏厅的门口，弟弟好奇地往里望。彭阳说弟弟，你就在这等着我，看别人玩游戏，你不要玩。弟弟说你去哪？

彭阳来到他已经想好的一个地方，那就是设在广场上的献血点。高大的献血车上却没有几个人在献血，所以彭阳的到来多少能使献血车上的人感到欣慰。接待彭阳的人叫王申标，是一名主治医师，彭阳是从他佩在胸前的证件知道的。彭阳说我献血。王医师看了看彭阳，说很好，可是你才多大呀？按规定不到十八岁不能献血的。彭阳说可我已经十八岁了。王医师说你的身份证呢？彭阳说我没有带身份证，可是我有一副健康的身体，身体是我的证明。王医师感动地说好吧。

彭阳的血开始流出自己的身体，通过一条管子流进血袋里。那是彭阳第一次大量看见自己的血，鲜红鲜红的，像画旗画花的颜料。彭阳想血其实可以画很新很美的图画的。彭阳喜欢画画，并且画得很好，但后来父亲反对就不画了。彭阳现在想画画，用血来画。

护士停止抽血的时候，彭阳说怎么不抽了？护士说够了。彭阳说不够，继续抽。护士说都 200CC 了，还抽？不能抽了。彭阳说抽吧，我的身上还有很多很多的血，我不需要留那么多的血的。真的，我愿把我的血全部献出来，献给别人。护士摇摇头说这怎么可能！彭阳说那就再抽 100CC。护士还是摇摇头。彭阳说这100CC算是我卖的还不行么？

这小伙子怎么啦？护士奇怪地说。王医师也觉得奇怪，对彭阳说你告诉我实话，我允许你再抽100CC。

彭阳说我只想要五块钱，和我弟弟照张相。

我弟弟得了绝症，彭阳不得不撒谎道，想和我最后留个影，我弟弟很爱我，我也爱他。可是我们连照张相的钱也没有。

献血车上的人都惊呆了。不知是谁先带头，掏出钱来，捐给彭阳。五元、十元，还有五十元的。

可最后彭阳坚持只要五块钱。

手里有了钱的彭阳回去找弟弟。他和弟弟走进照相馆，照了一张合影。他把发票交给弟弟，让弟弟到时候来取。他对弟弟说，我们本来是一家子，可爸妈却把我们分成两个家，这张合影可以使我们兄弟俩永不分开。

懵懂、单纯的弟弟不解哥哥话中有话，和哥哥回了家。他们同进一栋楼的门，却各住各的家。上到二楼的时候，弟弟停住了，彭阳深深地看了弟弟一眼，才往上走。弟弟不知道，那是哥哥望着人世间亲人的最后一眼。

第二天一早，弟弟上学，在楼门口见到了自己的哥哥——他躺在地上，七窍流血，那是从五楼上摔下的结果。弟弟这才明白，哥哥昨天和他合影的用意。弟弟不禁放声大哭，哭声把父母引出。狠心的父母猛然变得十分的伤心，共同抱着已气绝身亡的儿子。很久很久以来，他们是第一次在儿子身上投入一致的爱心和悔恨。而这爱心和悔恨，是他们的骨血用血唤醒的，以儿子长眠不醒的代价。

1994年

# 与播音员张梅上井冈山

上山的时候，我和向逖为了行走的路线争吵。摆在我们面前的有两条路，一左一右，像是一双手，分别在拉拢我们。其实这两条路不管走哪一条，都是行得通。问题是：毛主席当年是从哪一条路上山的？我和向逖为此而争吵。向逖说，毛主席当年是从左路上山的。我说不对，从右路。向逖说毛主席怎么可能从右路呢？他是反右的。我说这跟反右有什么关系？何况那时候还没反右呢？向逖说但那时候他已有反右思想了。政治潜意识，你不懂。我说这么说，毛主席也反左呀。向逖说听我的，走左路就对了。我说右路。我们各持己见，互不相让。争执的过程中，数不清的游客经过我们，像被赶至山底的牛羊，然后分散任性地上山。两条路分别都有相当多的人在走，像是我和向遂各自的同盟，因此我们也就同样理直气壮，或者说左右为难。我们既不能在走哪一条路上达成共识，又不能分开走。我们必须走同一条路，就像睡同一张床一样。

向遂说孙小兰，这个事情我不能向你妥协，因为如果我们不沿着领袖的足迹走，我们上井冈山就没有意义了。

我说我也是。

但是过了一会，我和向遂达成了共识。

因为我们忽然看见我省播音员张梅。

张梅肯定是我最先发现的，因为我提示向遂的时候他还不知所指。我扯着向遂的手，示意他往右看。向遂视角向右，却看不出名堂，以为我又是指使他走右路。他摇着头。我指示他再看，并悄悄地说张梅，张梅。向遂神情惊异，那已像收拢的鱼线缩短的目光再次延长，这才看见张梅。

张梅站在右路的始端，背靠大山，像一枝花竖在一个人的指尖上。有一个男人端着照相机在为她照相。然后，她和男人互换位置。她端着照相机，为男人照相。我看见那个男人的相貌，成熟硬朗，像是一个刻在山体上的苍劲的汉字。

接着，我们看见张梅上山了。她像一盏指路的明灯，活动在我所选择的路线上。

向遂一副心悦诚服的样子，说孙小兰，你是对的。毛主席当年是从右路上山的。

我们跟随张梅。向遂的目光始终被张梅牵着，像风筝扯着线一样，而我的视线则系在张梅还有她身边的男人上。遇见张梅，我们的兴奋和兴趣不亚于正在登着的这座高山——它虽然只是井冈山其中的一座，但却是最伟大上乘的一座，像是一个英雄集体的佼佼者。都说毛主席当年就是从这座山上发现这块圣地的，就像后来他从一份报纸上发现延安一样。从这座山巅，可以观望连绵起伏的群山，就像从我省高高的电视塔顶可以俯瞰省会城市鳞次栉比的楼堂馆所一样。

真巧，想不到能在这里看见张梅，她真是张梅吗？向逖说，他像是自言自语，又像是问我。

我说她肯定是张梅。那么熟的一张脸，我们几乎天天看见，你怎么还不相信自己的眼睛呢？

向逖说可是，那是在电视上。现实生活里或荧屏外的张梅，我们都没见过呀。我说那有什么？如果我也上电视，难道我会变得让你认不出来吗？向逖说可是你并没有上过电视呀。我说我要是能上电视，我还会跟你这么普通的男人吗？向逖说那跟张梅上山的那个男人，一定很了不起。我说那当然。他不是巨商富贾，至少也是个副厅以上的官，后面的话我是在心里说的，因为我不想让向逖过分地受刺激。向逖却说也只有有钱或有权的男人才能征服和占有张梅如此高贵纯美的女人。向逖仿佛听到了我心里说的话。

我们在张梅的身后说话，当然我们的话传不到张梅和那个男人的耳朵里，因为我们和他们存在一段距离，有二十步远。向逖说孙小兰，我们去请张梅为我们签个名或与我们合个影吧？

于是我们快步向上，像上楼拜见远道而来的宾朋一样。我们很快和张梅只有三步的差距。她和那个男人的项背像两扇合并的门。我们像来到门前。但我们忽然在门前却步，像小人一样，在门外偷听。

李宝天。张梅说。她无疑是称呼男人的名字。嗯？男人答应。我们合个影吧，张梅说，我要你搂着我，像夫妻一样。李宝天说好。可是？张梅说得请一个游人为我们拍。

张梅停步，回顾，然后看见了我们。她先送我们一个微笑。同志，帮个忙行不？帮我们拍张照。向逊欣然回答说好的好的。他接过叫李宝天的男人递给的相机，像个得志的小职员从老板的手上接过算盘，殷勤而熟练地摆弄起来。

好，很好，就这样。向逊对相拥着由下而上做登山姿势的张梅和李宝天说。他站在他们之上，端着硕长镜头的照相机，像端着二合一的小枪炮，从制高点上朝目标瞄准。预备——向逊说。然后他按下快门，只听见“咔嚓”一响，像扣动扳机后枪膛里没有子弹。要再拍一张吗？向逊兴犹未尽地说。

不了，谢谢。张梅说。

向逊把照相机还给李宝天。李宝天手里拿着一部照相机，眼睛却看着挂在向逊胸部的照相机。我来帮你们拍一张吧，他说，你们二位？向逊看看我，见我摇头，便转而去看张梅，再看李宝天。那……帮我和她和她合照一张行吗？向逊说。一个她指我，一个她指张梅。李保天和张梅都一愣。是这样，我们是C省来的，我解释说明。我觉得只这么一说，张梅和李宝天也就应该明白了，也就是说我们是C省人，而张梅是C省电视台的播音员，是C省大众熟知的明星乃至偶像。那么，C省人到了外省，居然看见本省的播音员，感到十分幸运，所以要求合照一张相。

C省？张梅说。她仿佛听不明白，反而越加糊涂。

是呀，C省，向逖重申。你不认识我们，但我们都认识你。

认识我？张梅说，你们在什么地方认识我？

电视上呀！

电视？我没有上过电视。

你真会开玩笑，向逖说，电视播音员说自己没上过电视。

我哪是什么播音员？张梅说。

你不是张梅吗？

我不是张梅。张梅说。

你怎么会不是张梅？

我不是张梅。我想你们认错人了。张梅说，我不是C省人，我连C省都没去过。

不可能。向逖边说边摇头，否定得很坚决。

张梅把目光投向李宝天，说不信你们问他。

李宝天说是的，你们认错人了。她不是张梅。

那对不起，我们是认错人了。我说。谢谢你们。李宝天说。然后，我们看见张梅（？）扯了扯他的衣袖，并听到她说，快走。

他们像两只重新飞行的风筝，活动在我们的上头。秋风吹送他们的身影，把我们的目光越拉越长。向逖怔怔地站立着，像一个输光了钱而又不愿离开赌场的赌徒。我决不信她不是张梅！他说。我说不是就不是，我们也走吧。

她不是张梅，那我们走这条路就走错了。向逖说。

为什么？

因为我们认定她是张梅，才从这条路上山的。向逖说。

毛主席当年是从哪条路上山的我们说不准，但张梅一定准。张梅不会不知道毛主席当年是从哪条路上山的，跟着她不会有错。可是现在她不是张梅，那我们岂不是走错了？

她不会不是张梅，我说，而是张梅在说假话而已。

假话？张梅会说假话？

张梅为什么不会说假话？

张梅是播音员呀！播音员是不说假话的。播音员能说假话吗？播音员为什么要说假话？

不想说真话就说假话呗。

不说真话？电视台播音员岂能不说真话？向逖说。他瞪着我，好像撒谎的人是我。

我说你瞪我干嘛？有能耐追她再问去！

向逖迈开脚，健步向上，像一个赶去寺庙求神问卜的穷汉。

张小姐！张梅小姐？！向逖一边追赶一边喊。

张梅仿佛没有听见，或者好像别人叫的不是自己一样。她没有回应继续朝前走。

张梅！张——梅——！向逖继续追赶和呼喊。

他追上了张梅，并且超前两步把她拦住。

你这人怎么了？我落在后头听见张梅厌烦地瞪着向逖说，为什么老缠着我？

张梅小姐，请问你是不是张梅？向逖说。

不是告诉你了吗？我不是张梅。

为什么不是？你明明是张梅嘛。

你为什么非要认为我是张梅呢？

你就是张梅，可为什么否认自己是张梅呢？

张梅对你很重要吗？张梅说。

是的，非常重要。向逖说，你不知道你是我的偶像，很多人的偶像。我们每天都盼望你出现在电视上。我们更盼望能亲眼见到你。能亲眼见到你是一件多么幸运的事情呀！我们的这种心情你能理解吗？

我理解。只不过我真不是张梅呀。

求求你，张梅小姐，承认你是张梅吧，这对我上这座山太重要了。

为什么？

因为如果你不是张梅，那我，我们从这条路线上山就走错了！因为只有张梅，能告诉我们毛主席当年是从哪条路线上山的！因为我们相信张梅。张梅讲的话是真的、对的，每一个字都不会有错不能有错。张梅是电视台新闻播音员。明白不？

好吧，我告诉你！张梅说，第一，你从这条路线上山没有错，毛主席当年是从这条路上山的！第二，我不是张梅，你不要再纠缠不休了！

你不是张梅？向逖瞪着眼睛疑问，既然你不是张梅，你凭什么说毛主席当年是从这条路上山的？我又凭什么相信毛主席当年是从这条路上山的呢？！

信不信由你！张梅说，我不跟你说了，你走吧，快走吧！

我往哪走？向逖说，你不承认你是张梅，我往哪里走？

你这个人怎么啦？张梅说，你爱往哪走往哪走，只要离我远点！

不，我不走！你是张梅我就走。

那你让开，我走！

向遨说不。他挡在张梅的面前，像一只拦路虎。

我叫人啦？张梅说。

一直站在旁边不愿或不敢干预的李宝天干预了，说你再不走就可以告你耍流氓把你抓起来。

流氓？向遨说，谁是流氓？你是流氓，还是我是流氓？

好好，我是流氓，李宝天抱拳告饶，放我们上山行吗？

向遨说你是流氓就不能放你上山！

李宝天说那我们下山好了。他旋即对张梅说我们下山吧。

向遨说也不行。他扭动身子，改变了拦截的方向。

张梅和李宝天哭笑不得，只有求助在旁的我——你男朋友有病，张梅说，管一管他行吗？

我说行。

我跟向遨说向遨，你听见人家说你有病吗？

向遨说谁有病？

你有病。我说。

你也说我有病？

你不有病谁有病？我说。

你是睁眼瞎孙小兰！

你才是睁眼瞎向遨！

我和向遨又开始吵了起来。我们的争吵给了张梅和李宝天走脱的机会，他们快步离去，很快没了踪影。

吵到最后，我说这山我不上了！

向遨说这山我也不上了！

于是我们怨气冲冲地下山，像两只不愿放归山林而自动又回动物园去的娇生惯养的野兽。

夜晚，我们住在茨坪宾馆的房间里。来井冈山旅游的人，也大多会选择在这里留宿过夜。

也许张梅也在，如果她不否认自己是张梅的话。我还在想。

1995 年

# 娃娃馆长

你是省报来的记者，想采访我？我可是弃官不干的百姓了。什么？你是专冲我辞职而来的。你对我这位任期才八十四天的“短命”馆长很感兴趣？好吧，美的丑的我都向你抖出来——

年初，猴般精也猴般瘦的局长把我拉到他的办公室，关起门。莫测的双眼审视我，却一言不发。我狗一般嗅觉灵敏，莫非我与女友的过分亲热已引起公愤？心口猛地一跳，然而很快平复了。难道在文化单位这种所谓开明进步的作风唯我银某首创吗？我并不迟钝的大脑立即闪出几个先斩后奏的例子，以便局长“听群众反映……”的时候，作为佐证。

岂料局长金口吐出的却是：要你把文化馆挑起来。

真他妈的怪了，一天到晚把我当娃崽头使唤的瘦猴局长，竟要把他的王牌交给我？谁不知他在文化馆当了十多年馆长，惨惨淡淡，劳苦功高，白了半个头，才挪上如今的位子。轻易舍得送人吗？

我想一定是那张可以抹屁股的纸起妙用了。这之前，省里一家期刊编辑部来了封调函，拟调我去当编辑。对这家发行量才几千份的刊物，我丝毫无向往之意，却偏要做出寻着了亲娘般的轻狂和激动，以图局长意识到我的宝贵。

果然，局长坚决咬着不放人，宣称准备重用。

他是要把心头肉割给我。

我说接受。

局长说只准成功不许失败。

我说凡干事业者谁首先考虑的是失败呢？

局长说年轻人好好干，我老后，你们不做谁做？

言下之意，局长说他老后（说明现在他还不老），位子让给我。

我想说局长你也太小看我了。我银某绝非鼠雀之辈，仰仗在你这棵树上吊死，局长的位子你还没坐暖坐稳哩。

我说既然局长如此信任和厚望，我干了。

局长话锋一转，小银几时吃你的喜糖呀？

我想局长真他妈老猴，以关怀的口吻对我的生活问题旁敲侧击。

我说局长你的意思我明白。

局长说你明白就好，要记住前任馆长的教训。

我知道应该怎么办。

我必须结婚。

文化馆是个女人窝，占总人数三分之二以上，老、中、青相结合，守寡的、离婚的、未嫁的、嫁不出去的各色女人，配备齐全，应有尽有，不应有的也尽有。天知道前些届馆长为什么特别喜欢要女人？女人一多，风流韵事层出不穷。而不少人对男女关系的敏感远甚于国家大事。人一旦作风有问题，比叛党叛国还要可耻。不是吗？前任馆长为何灰溜溜离开文化馆？乃风流韵事也。单位里陆春芳与老公闹离婚，分居多年。馆长反复做女方思想工作，殊不知这家伙反而与她干起那种好事来了。久之，被陆春芳其夫觉察，现场捉了双。此期间，文化馆波翻浪涌，人声鼎沸，异常活跃与欢乐。此桩风流事风靡县城街头巷尾，局长亲自出马，带着我负责整理材料。馆长因此受千夫所指，无地自容，对所犯的“通奸罪”供认不讳。被免去领导职务，调离文化部门，到县水泥厂当宣传员，那是个男人的世界。我银某虽非好色之徒，但即将在女人窝里奋斗。前车之鉴，不可不防。且我年轻英俊，单身独户，必然众人所瞩。因此，我必须结婚。首先可减少花花事的议论，免背面受敌；再就是标志成熟，增一些沉稳和老练之气，弥补胡须之不足。

在每周例行的幽会时，我对未婚妻说我们结婚吧。

未婚妻说这么快？家具还没打全哩。

我说我要当馆长了。

未婚妻说当馆长与结婚有什么关系？

我说文化馆是个女人窝。

难道你怕被别的女人勾引？

我说你怕吗？

未婚妻说我才不怕哩，我相信你。

我说就怕别人不相信。

未婚妻想了想说是的，那就结吧。

我吻了吻未婚妻说你真理解我。

未婚妻也回吻我说青梅竹马嘛。

我与未婚妻年纪不大，但恋龄不小。我们双方父母均是同一所中学的教师。记得那时我两岁，已能说会道。听见隔壁“哇”的一声，我问妈妈哪个哭？母亲“哟”的一声说生了，我过去，我见阿姨抱着个小裸人，白生生的，好看是好看，但我发觉这小裸人比我缺少一样东西，就是腿夹缝中的那点。问这是哪个？所有人都异口同声：这是你老婆。我问什么是老婆？阿姨说你先亲老婆一口再讲。于是我亲了老婆一回。阿姨说我是你外婆再亲一回。于是我又亲了一回外婆。阿姨说老婆哪，大了你才会懂。于是我便盼着长大。到了老婆会说话时，我对老婆说他们讲你是我老婆，你愿意做我老婆吗？老婆说我愿意。我觉得从那时起我们便开始恋爱了。我未婚妻名叫白练，我读初二时，跳级升入高中。她也从初一跳上初三。我问怎么我跳你也跳？白练说我怕。我说怕什么？白练羞答答的不说。那时她的胸已鼓起两个小包，当时我并不懂是这两个小包在作怪。我一再逼问，白练说我怕拉得太远。远？直到那次梦中射出乳白色的液体，我才明白，白练比我早熟。后来我们都一起考大学，彼此心心相印。后来我毕业分到县文化馆任创作员，她分到县中学任教。我对未婚妻说我太爱你了，恨不得马上结婚。未婚妻说我们年龄还没够，再说一无所有，等万事俱备了才行。我说听你的，不过我要求过那种生活，未婚妻说不好哩，没结婚搞这种，别人会讲不正经，老人会骂死我们。我说谁也没有比我们更有资格走自己的路，让别人说去吧。未婚妻说这条路走不得，我是教师，还是教政治的，忍一忍吧，国情不允许。

我未婚妻勤劳温柔，集事业家与贤妻良母素质于一身。从小受其校长父亲的熏陶，处世老练，断事机敏。加上身材窈窕，容貌美丽，绝对打倒文化馆那帮心比天高的公主们。俗语说郎才女貌，评论男人的威信，首先应看他找得一个什么样的女人。凭着我有这等女子做老婆，神也得敬我三分！

我倾出工作两年多的几百元积蓄，又向父母刮了几百，大宴宾客。多数是文化单位的人，望着他们见了我妻子眼睛鼓鼓极羡慕的样子，我心里说你们该相信我不会愚蠢得舍玉求石吧。

局长在宴会上向我们祝酒之后附我耳说你这鬼崽有谋，先走这着棋对了。

我说准备完毕，局长你可以下令了。

为了我的就任，文化局为此召开全系统干部职工大会，名曰反对资产阶级自由化报告会。报告前局长趁机宣读了我的任职文件，任命银平为阳安县文化馆馆长。话音刚落，整个会场竟鸦雀无声！出乎我的意料，这帮家伙是否都吓破了胆？

局长宣布后便开始他的反自由化报告，义正词严地指出资产阶级自由化的核心是否定党的领导。我却在想文化馆这帮自由分子能服从我的领导吗？

局长报告完后对我说，你要讲话吗？我说当然要讲，但我只能对我的部下讲。于是局长宣布文化馆、文化站人员留下，其余散会。

局长说现在请新馆长讲话，大家鼓掌欢迎。

鸦雀无声。我想我一定要镇服你们。我沉稳走到讲台前，定定地站着。日光朝每人扫一轮以后，一分多钟不吭。我深谙心理学，知道这帮属下的心理防御乱了三分。然后我开口出击。

我说：大家对我的任职表现淡漠，我觉得很好。因为大家对我并不了解嘛，何必要来个形式主义的亲热呢。我虽在文化局供职两年多，同志们也不过识其面而已。因此，有必要自我介绍，让各位知道我银平何等人也，便于对付——工作（我故意顿两个字）。

我是广西大学取得学士学位的毕业生。对于我这位文化馆有史以来学历最高的馆长，相信大家一定有很多意见吧。在座大部分比我年长，从事文化工作多年，经验丰富。我才二十三岁，工作不到三年，对群众文化认识肤浅，虽然在中央及省杂志上发表了十几篇这方面的学术论文，有两篇还获了奖，但都是不成熟的。因此让我担任领导工作，你们说能胜任吗？

只有天知道我在讲反话。

我继续说既然组织信任，赶鸭子上架，我也就当仁不让了。俗话说现官不如现管，你们讲对不对？

果然奏效，特别后一句话使所有的人提高觉悟，坐立不安。

我再给一次下马威，为了摸清各位的知识水平，我决定现在对大家进行一次测验，请各位准备好笔墨纸张。

每个人都无意识地听从我的呼唤，乱了手脚。

我说现在还有一个钟头时间，我只出三道题，三十分钟答卷，二十分钟改卷，十分钟总结。大家听好。第一题，今年我国要办好的两件大事是什么？第二题，群众文化工作的任务是什么？第三题，列出我县三十个乡的名单。开始！

没有一个不是乖乖伏案答卷的。我心里想你们终于束手就范。

局长自觉肩负起监考员的重任。眯眯笑着向我示意，竖起大拇指。

五分钟左右，便有人摇头晃脑、交头接耳、左顾右盼起来。

我一声咳嗽就使他们老老实实。

这帮人只好各自胡乱画来画去。

三十分钟，交卷毕。

我唰唰唰不断地打“×”，五分钟改完卷。

每个人眼睛鼓鼓地盯着我，四不像（皮笑肉不笑、冷笑、奸笑、干笑）地笑着，掩饰内心的惶恐。

我说我很失望，五十多人却只有陆春芳一人及格，其余说出来连我也觉得羞耻。

我板起面孔说实在难以置信一个堂堂的文化工作者，竟连本身的任务都不懂？有的同志六十年代进文化馆，可是全县三十个乡都数不出来，何功可言，何傲可居？还有文化站有十九个人是新聘请的专干，我本指望你们考得好些，想不到你们还要母猪（阳安流行新词，意是蠢）！当初你们是凭什么进来的？光凭会舞两下手、会哼几句山歌吗？让你们得意的地方叫文化馆、文化站，不是声乐馆或舞蹈站！

我又说各位喜欢听笑话吧，吴小艳同志这次考试为我们讲了一个动人的笑话。谁是吴小艳？

无人应答。

吴小艳，沉默。

我大喊吴小艳！

只有会场后角传出嘹亮的鼾声。有一个女人在睡觉。我问局长那个是不是吴小艳？局长分析说估计是。

我走过去猛敲桌面，指望她醒来。

依然鼾雷阵阵。

我命令陆春芳说你把她推醒。

终于，我的面前站起一个肉团！睡眼惺忪，眠意犹浓。

竟敢在我就职演说时睡大觉！我不禁怒火中烧，你就是吴小艳？

肉团子说我就是吴小艳。

你愿意我把你的考试结果公之于众吗？

肉团子蒙眬说我愿意。

我说大家听着我出的题目是今年我国要办的两件大事是什么？可我们的吴小姐是怎么答呢？她说我今年要办的两件大事是：一、努力找对象结婚，二、坚决要指标转正。

会场陡地爆起开胃的笑声。

肉团子说是我听错了。

我说我知道你听错了，但我不知道你是怎么进文化站的？

肉团子说我爸爸说文化站轻松快活，于是我就进了文化站。

我问你爸爸是什么人？

局长代替说她爸爸是城建局局长，去年我们单位建宿舍楼的地皮就是她爸爸批的。

我想说还有局长你们这帮大小领导的私房地皮，不也是她爸爸批的吗？

我说多亏你有这么一位爸爸。不过你这种富态的人，最好的工作单位是食品站。

局长用眼光瞪我，小银讲话要注意分寸。

我反而变本加厉，吴小艳你听着，年终我要进行一次全面文化考核，不及格者一律辞退或调离。我银某秉公办事，天王老子也不怕。况且本人志存高远，不耻乞求你父亲赐弹丸之地以安居乐业。我讲到做到，决不食言！

掌声出乎我的意料轰地响起，经久不息。

歪打正着，有一句成语这么称道。

掌声是手下们欢迎我、喜爱我、敬佩我的象征。

掌声证明我不是贪官污吏，更不是传声筒和傀儡。

局长却猴头直摇满目抱怨。

我心里说局长，得民心者得天下，我宁愿失去你的宠信，也决不放弃民众的掌声！

回到家我抱住妻子亲得叭叭响。妻子结婚后心情舒畅，脸色更加雪白红润，丰韵可掬。

我说旗开得胜，手下全被我笼络了。

妻子说别高兴得太早，下一步怎么办？

我说你说怎么办？

妻问你把文化馆分几组？

我说两组，馆办活动组和文艺辅导组。

妻说你必须选两个得力的人分别担任组长，大权在你手中握着，业务权下放，给他们点甜头。这样你才能腾出手来写你的文章，一箭双雕。

我说你的想法和我的相同，不过一箭双雕用词不妥，应为一举两得。

妻说是的，你们男人对政治应该这样敏感。

我决定用两个人。

一个是吃喝嫖赌、五毒俱全、臭名昭著的花花公子卢森。一个就是前面提到过的业已身败名裂的风流荡妇陆春芳。

卢森现年二十五岁，是前任宣传部部长的小少爷。中学时代，他的臭名就已和他老子的威望在县境内并齐传扬。他的一条腿在赌棍间的斗殴中被打瘸。可是这个二等残废却在七九年进入以劲歌猛舞为特色的文化馆。当时的馆长即现任局长，据说他力排众议，接收了卢森后不久，就登上局长的宝座。卢森这小子性格刚烈，身残志不残，居然能在文化馆横行霸道，仗着老子的权威，左右文化馆的一切，一度把馆长逼成傀儡。局长也惧他三分，任其自然。不过卢森却又聪明过人，周身都是刀，美术、摄影、书法样样拿手，鬼点子多。既是害群之马的同时却又是文化馆不可多得的能人。去年卢父告老还乡后，局长对卢森日趋冷漠。卢森觉得大势已去，终于夹起尾巴。除了发工资那天外，再也见不到他的影子。局馆领导也乐得个清静、自在。

我决定启用卢森。

我到他家问卢森在家吗?

他老头摇头说他不是一直在文化馆上班吗？一个月才回

家一次。

我说他跟你同时退休了。

我问文化馆的人你们懂得卢森在哪里?

答说他在乡下开艺术馆哩。

我莫名其妙：什么艺术馆?

答说他流窜各乡为农家民户照相、写对联、画神佛鬼符。不像个艺术馆吗?

我问他何时干这行当?

答说去年，人家早已是个万元户了。

我又问他现在哪个乡?

陆春芳说上个月我在菁盛乡辅导时，见过他。

我跑到菁盛乡。文化站的人说他进山去了，夜晚才回来。

我等他。

天黑时分，卢森如只丧家犬拖着个鼓囊囊的包，一拐一拐地走回文化站。大汗淋漓，疲惫不堪。见了我，招呼也没打好，路人似的说声刚来，便摸黑下红河洗澡去了。

我问文化站的人每天他都这样玩命吗?

答说是。晚上还加班加点哩。不过很捞钱。

卢森洗澡回来，一包饼干，一瓶啤酒，边吃边问，银平，菁盛之行有何贵干?

我说专门来请你。

谁派你来?

我说我当馆长了，我有权。

卢森冷笑道，权? 你一个娃崽头，他们会真的把权交给你吗? 局长那个老滑头，我操他八辈祖宗。我老头执政的时候，他服服帖帖屁都没敢放。人一下野，他便骑在我头上作威作福。

我说于是你就落草为寇了。

卢森说落毛的凤凰不如鸡，那些工友都看不起我。我只能另起炉灶。也好，倒也痛快，无拘无束。

我说那好，信得过我，就跟我回去。讲清楚，你爸下台了，我没什么好巴结的。

卢森说你要封我什么官？

我说我分一半人给你管，搞馆办活动。

卢森说他们不会服我。

我说他们为什么服我？只要你使出浑身解数，轰轰烈烈干一番事业，谁不对你刮目相看？你讲干不干，哥儿们。

卢森勃然起兴，紧抓我的手说就冲你这句哥儿们，我干！

抓得了卢森，再捉陆春芳。

陆春芳现年三十五岁，艺术学院舞蹈系毕业，具有相当高层次的艺术造诣。但是她的光明前途却毁于残缺的婚姻了。十五年前，妙龄的陆春芳分到文工团不到一个月，便被四十多岁的老色鬼导演据为己有。宝贵的艺术青春便于生儿育女的苦役中沦丧。五年前陆春芳调来文化馆后，开始和丈夫分居并提出离婚。法院调解无效，眼看就要判决了，岂料东窗事发，法院以第三者插足为由，驳了离婚诉状。

我因调查此风流案，有幸拜读了这份诉状。其中有一段赤裸课写道：事到如今，我无须隐瞒，黄忠侯（她丈夫名）是以欺骗和强迫的手段占我为妻。十多年来，他不仅毁了我的前途，而且根本不是男人。黄忠侯酗酒无度，加上年老力衰，已完全丧失了性功能。我还年轻，我不能守着一个比父亲还老的废物生活。

我决定找春芳谈谈。就到她房间去。

我问自己你怕别人议论你吗?

我对自己说我不怕。

我又问自己你怕那女人勾引你吗?

我对自己说我不怕。

我又再问自己你凭什么一不怕二不怕?

我再一次回答自己我凭理智和对妻子的爱情。

于是我大摇大摆步入陆春芳的“魔窟”。

陆春芳正持二胡，拉得孤独、悲凉和凄楚，见我进来，起身请坐。

我屁股刚点凳，从背面窗口吹来一股阴风，把正门关上了。

我蓦地慌乱不安，示意陆春芳把门打开。

陆春芳冷笑道，把门打开了，我怎么好勾引你啊?馆长大人。

我反而不怕了，镇定地坐着。

陆春芳这小妇人竟安慰我说请馆长放心，你前途无量，我不会引你往邪路上走的。何况我一个半老徐娘，怎敌得过你年轻美丽的妻子更富于诱惑力。

我心里说你明白就好。

陆春芳说找我有事吗?

我说我支持你离婚。

陆春芳啐一声冷笑道，离婚?不是你主力调查，我才离不成婚吗?

我说那是针对前任馆长调查的，何况是局长的旨意。

陆春芳说是我勾引他，为什么贬他？

我推道你去问局长。

陆春芳说当然他不下去你怎么上来呢？

我愠道我哪点不比那窝囊馆长强？文凭？成果？年纪？才华？理论？说吧，你还想不想离婚？

陆春芳说除非我死。

我说那好，你再提交离婚申请，我助你独立自由，走向新生。

陆春劳说当真？

我说当真，但是……

我故意不往下说，意欲观其表情变化，分析其心理状态。

陆春芳美丽的眼睛望着我，含情脉脉，万千轻柔，仿佛奇迹即将发生。

我推断那个下野馆长一定是抵抗不了这双眼睛的诱惑，才失足饮恨千古的。

我说你必须答应我一个条件。

陆春芳羞赧地低下头说我答应。

我说我要你负责辅导组的工作。

陆春芳大吃一惊抬起头说这个我不答应！

我说你不想离婚啦？

陆春芳说我名声不好。

我说那你就把名声挽回来，不要错过挑战和机会。

陆春芳点头。

我说那我开门走了。

步出人言的危房，我迎面看见有几个黑影攒动在文化馆舞厅的百叶窗后，窥视我的行动。我瞄一眼便转头离开，那是另一个更为阴险的魔窟。

回到家我对妻子说今天我去陆春芳家了。

妻子说你上钩了吗？

我说没有。

我要帮助陆春芳离婚。我说。

妻说有希望吗？

我说不是有个后门吗？

我肆无忌惮地叩开了法院院长家的门。

给我开门的正是法院院长。这位虎头剑眉豹眼牛鼻鹿唇狮身凛凛然的铁面包公是我叔叔。

我说叔叔求你帮个忙。

你不是说叔叔最没有利用价值吗？法律面前可没有私情可徇呀。

我说单位里陆春芳与老公闹离婚五年,就判他们离了吧。

叔叔说照法律是应判他们离婚。可陆春芳太不自爱自重了。这种关键时刻还跟人家乱来。法院考虑的是社会效果。如果纵容第三者插足，会导致更多的家庭悲剧。

我说叔叔你是社会主义社会的法官，还是封建卫道士？什么是悲剧？把两个排斥的灵魂强拴在一起，岂不是悲上加悲？

叔叔说你为什么要极力帮陆春芳？

我说陆春芳是个能人,我要利用她。如果我帮她摆脱枷锁，她会死心塌地为我卖命。

叔叔说你真刁，我有你这么位精明侄崽，银氏家族不怕没落了。陆春芳的事我过问一下，大概没问题。

不久，法院对陆春芳离婚案如我所愿做出了判决。

陆春芳似只挣脱出笼的老鸟引吭高歌。

我想说离婚证书上有你的奋斗，也有我的贡献，但愿别忘了说好的条件。

我在全馆职工会上宣布了对卢森和陆春芳的任命。

局馆翻腾云水怒，人心震荡风雷急。阳安文化界卷起一场轩然大波。对于新任命的两个小组长，各式各样的不满、攻击、反对、抗议、谩骂汇聚成一股滔天的洪流，扑向我这位年轻的馆长。

银平重用了两个坏蛋。

银平接受了卢森的贿赂。

银平与陆春芳关系不正常。

局长出面干涉了。他语重心长地说小银啊，群众议论很不好，你怎么能重用卢森和陆春芳呢，也不跟局里打个招呼。

我说这是我的权力范围。

局长说那么两位副馆长呢？你和他们商量吗？

我说一个病老在家，一个当不了正馆长抵触罢工。何况我是主脑，有权拍板。

局长说你看你看这不是违反集体领导原则了吗？

我说那我辞职好了。

局长说你啊，提点意见就要娃崽脾气，不都是为了你好吗？卢陆两人都是有争议人物，比如卢森。

我打断他的话说卢森不正是你要来的吗？

局长哑口无言。

在我的授意下，卢森和陆春劳如一对出色的敢死队员，赴汤蹈火似地施展各自的本领和才干。他们大刀阔斧，短短两个月时间，文化馆工作有了起色。首先馆办活动趋于制度化、正常化。特别是卢森成立了个文化服务公司，身兼经理，使出浑身招数，经营摄影、书画，开办商店、餐厅。这小子名堂多，商店命名为知识商店，餐厅冠以贝多芬餐厅，力求与文化沾边。既可以招徕顾客，又能避免非议。开张一个多月，总收入就达五千多元。其次是城乡群众文化蓬勃发展。陆春芳自从离婚以后，青春焕发。组织辅导员分头下乡。她出点子并凭着快嘴李翠莲的舌头和我一起征得县长同意以政府名义发通知，年终全县文化大会演。通知一下达，各乡村文艺队伍风起云涌。阳安的千山万水，歌舞升平，方兴未艾。

母鸡刚打鸣，记者便寻蛋来了。省报发表了关于阳安蓬勃开展群众文化活动的通讯。阳安文化馆被涂上了光亮。

文化馆是我的一面镜子。

卢森和陆春芳呢？是我的两张王牌。

我们三人各有所得。

卢森和陆春芳累死累活得的是人格和尊敬。

我运筹帷幄得的是名誉和赏识。

县长对局长说你们文化局今年要翻身了。

局长对我说你打开了文化馆工作新局面。

我对两个组长说你们取得了一定的成绩。

两个组长对组员说你们辛苦了。

组员对心说你觉得惭愧吗？

人就是这样层层被夸奖和被利用。

卢森挥给我一本旧账簿说文化馆有一笔钱找不见。

我问多少？

不多不少，五万。

是什么钱？

一九八四年经商热时搞生意赚的钱。

根据？

卢森递给我一张银行对账单，说空有支出凭单，但无发票对证。

我问好查吗？

卢森说好查又不好查。

什么意思？

卢森说怕你不敢查。

我说你把我看成什么人？捅出来！

卢森说这笔钱是从县工商银行文化馆的户头汇去建设银行24761户头的。

这是谁家的户头？

文化局。

我大惑，文化局？

卢森说有汇单为证。时间一九八四年十二月十四日。

我找局长直通通说文化馆有一笔钱找不见。

局长颇为惊讶：是吗？

我说钱是汇来文化局的，五万元整。

局长说有这回事吗？我怎么不知道？

我说有汇单为证。

局长说那我查一查。

我说我也要查。

我由馆长变成了侦探。

文化局为什么要文化馆这笔钱？有何用途？为什么没有发票？谁经手的？

接连几天我都关在馆长办公室里冥思苦想，进行福尔摩斯、波罗式的推理判断。人人都成了我怀疑的对象，一个个从我脑子里蹦出来，又一个个被我释放和否定。

天很晚的时候，我还在办公室抓耳挠腮。咚咚，有人敲门。

谁？

我开门一看是文化局出纳苏娟。

苏阿姨你好，找我有事吗？

苏娟一声哟，有事才能找你么，就不能讲讲古来着？

讲古？我心里咯噔一下，苏娟平日眉不皱齿不露，自恃副县长夫人，高傲得像只狮头鹅。此时夜深人静的却屈尊如只小鸟来找我讲古？

苏娟的突然造访，令我猛地茅塞顿开，心中有数，然而这位高贵的七品夫人，却不是那么好应付的。

我受宠若惊般：苏阿姨，你来得正好，我正巴望有人和我聊。

苏娟说，这几天见你闷闷的一定有什么事，是不是跟爱人吵架啦？

我摇头。

还能有什么事？什么？信不过你苏阿姨？我可从来没有得罪过你的。你在文化局的时候，难道我少发过你一分工资？或者你认为我贪污公款？

先发制人，这妇人真老辣。

我说，信得过你苏阿姨，你当了三任局长的出纳，规规矩矩清清白白。

我避开话锋说，苏阿姨我这个人太不知天高地厚望你以后多多关照。

苏娟定定看我足有两分钟才说，阿平算你有福气，讲句笑话，你的嘴巴还有奶味就捞了个馆长当。你张叔叔胡子一把了才当上副县长。可见你年轻有为。

我不蠢，立即剥出这番话的另一层意思。拿副县长的架子压我！

但我还是一副假面孔说哪里哪里，言不由衷地表现出谦恭的样子。

苏娟又说但是我苏娟见了三任文化馆馆长，你这一任是最年轻的，处境也最危险，你得小心啊！

我问哪样小心？

苏娟说既然你信得过，我就对你说了吧。你认为局长是真心实意让你当馆长吗？原馆长才是他的心腹哩。只是被九尾狐狸陆春芳缠了个臭名昭著，不得不暂叫他退避三舍。用你这个毛头小鬼来充当大王，是想让你五马搞六羊一塌糊涂，然后再叫原馆长出来收拾局面。反正如今风流韵事过了十天半月就风平浪静。官照样官，民照样民。不想你居然做出成绩来。局长当然也不是笨猫，马上见风使舵树了你，你要是顺着他的腰杆往上爬，这馆长的宝座是稳坐的了。你要过河拆桥，一意孤行，有你好受的。

我脑袋嗡地一阵鸣响，局长如此阴险，我却一点都感觉不出？但是，苏娟为什么把局长的秘密告诉我？是为了换取我的信任，还是为了吓唬我？妈的，我银平难道是任意让人捉弄的角色么？

我还是佯装冷静说局长不是那种小人的。他很爱护我。我用不着巴结谁，该做的事还是要做，至于有人要踩我，等我的骨头被打断的时候，我才相信你的话。

苏娟陡地站起，我一片好心信不信由你，我们走看吧。愤然离开。

我心里说奉陪到底。拜拜。

当晚枕头上我把苏娟如此这般告诉了妻子。妻子听后猛地坐起来说阿平你们这个文化系统，苏娟才是总后台！县太爷夫人的手臂比局长们的大腿还长还硬。

我的眼睛红鼓鼓的，像两颗荔枝核。

就在这天晚上，文化大院里起火了。

听到人喊叫，我一骨碌爬起，顾不得穿衣服只着裤衩冲出去。

火光冲天处，是文化局的办公室。

这是一幢五十年代的平房，一直是职工宿舍。局长上任第一把火是把职工调换到办公大楼去说是关心职工生活。把办公室搬到旧平房意是让县政府看、让文化厅看，好三天两头打报告起新楼。我佩服局长这个猴精。

局长也不晓得哪时候出现在我的左侧，望着熊熊烈火，悲叹老天不长眼。

这时身后响起了苏娟的哭丧声：我的单据哟，我的单据哟。

苏娟的哭声猛地提醒了我，有人纵火搞鬼，意图销毁证据，如果查账就可以随心杜撰。

我跑到练功场拉下今天我叫陆春芳等人洗晒的幕布，急中生智想到了人尿能灭火的传说，又跑去把幕布浸到厕所的尿池里，拿上来披在光溜溜的身上，向火海冲去。

局长猛地拽住我说危险，不能去!

我推开局长，一脚踢开办公室大门冲进去。火显然是从那个堆积旧报纸杂志的角落发起的。四周已是红彤彤的火光。我仗着浸透了尿的幕布的掩护，凭感觉搜索到苏娟的办公桌。当我刚把这个苏娟为之哭丧的沉甸甸的办公桌拖到门口。屋梁塌了！一根燃烧着的横条砸着我的后脚，把我砸倒了。

是局长把我扶起来又背到安全的地方。我忘不了办公桌，挣扎着要抢回。局长说你受伤了我去抢吧。

办公桌完好无损。局长对我说你立了一功。一种英雄感在我心头油然而生。望着苏娟惶恐的表情，我对局长说这个办公桌必须重点保护。

局长说你的意思我明白，但先养好伤要紧。

我说不。

浓烟过后，我请来了财政局。

那个苏娟用了十年的溜光圆滑的办公桌一揭开。事情终于水落石出。

苏娟等人露出了尾巴。

我怎么也不会想到，为首鲸吞五万元者，竟是局长?！这之前他为什么藏而不露？我自以为聪明，却总是被他迷惑！多么老鸟的局长。

那么这场火是谁烧的呢？姑且算是自燃引起吧，但是不是烧得太对时候了？

最严重的还是苏娟。十年来文化经费在这个女人手里流过，她明吞暗吃了十几万！那五万块钱不过是小巫见大巫罢了。而每一任局长都先后被这个冷若冰霜的女人征服，让她牵着鼻子走。

局长在他的自白书上写道：一九八四年经商热时，我们局里两位领导与原馆长跃跃欲试，但由于规定党政部门不许经商，于是便以文化馆出面，局里派会计为信息员，做起了皮包生意，转手倒卖水泥、钢筋等紧缺物资，赚了几十万块钱。后来苏娟出主意，我亲自议定，把这五万元拿来作为我们几位领导和会计及知情的出纳苏娟等五人的信息费及奖金。

局长最后说这是由于受资产阶级自由化影响，没有站稳无产阶级立场，犯了错误，愿意认罪服法。

我想局长还犯了一个很大的错误，那就是低估了我。他做梦也想不到我这个娃崽馆长在文化大院里爆炸了这颗惊天动地的“原子弹”，炸开了金钱和权力结成的森严壁垒的王国！更想不到结局竟是这样悲惨。机关算尽太聪明，反坏了卿卿性命。

阳安文化大院陷入一股悲哀、肃杀的气氛，冲淡了昔日的热闹和欢乐。文化局办公室只留下一堆瓦砾，仿佛一个古战场，让人凭吊嘘唏……

苏娟和局长的地震性新闻余波未息，关于我的爆炸性流言便接着向外传播。

流言概要：

银平忘恩负义，忘了是谁把他提拔上来的；

银平打着改革的旗号把局长踢下去，归根结底是争权夺利；

银平高兴得太早了，不见棺材不掉泪；

银平娃崽想要当局长还须喝三缸水。

不一而足。

这些流言写出来咄咄逼人，可它却是以最隐蔽最婉转的形式传播，由无数个好心的朋友传入我的耳朵。但是我却不知道诽谤我的是谁？是谁？我仿佛是黑夜里的一丝光亮，处处遭人暗算袭击，却看不见对手。呜呼，对付苏娟和局长我只靠冲进火里拿出证据出来即可，可对这些无形的敌人，我应该怎么办？

恰在此时，卢森和陆春芳闯祸了！

卢森这个混蛋贼性不改，淫心莫变。在干出一点成绩之后，妄自尊大，仗着我给他的权力，借名乱为，纠集一帮干部子女在外吃喝嫖赌，盗用文化馆录像机，播放淫秽片。在一次播放一级淫秽片（事后公安局鉴定）《投弃欲海》并容留一群狗男女奸宿时，被公安局抓获拘留。

而陆春芳呢？在乡下一次业余文艺队演出时给一名男演员化妆，可能语言与手指较为开朗大方些，被男的老婆看见，认为属挑逗性质。加上听闻陆春芳有前科，深信不疑，当场把陆春芳骂得狗血淋头，还把一只破鞋塞进她的裤裆。陆春芳一气之下，撒手不干了。

卢森和陆春芳的沉沦，对我来说无异于雪上加霜。他俩可是维系我事业和荣誉的两张王牌呀。想当初我大胆起用他俩，得意非凡。却没料到陆春芳感情脆弱（但她离婚的勇气却是多么坚定），卢森本性难移，鳖狗扶不正。我犯的最大的错误，便是太信任他们了。我自以为聪明，用哥们义气笼络卢森，却反被他利用，把我当娃崽耍了！我恨不得再打瘸他一条腿。

我致命的把柄被人抓住了。我犹如只牧羊犬反被羊群倒戈围攻。我狂躁，我跳腾，无法挣脱出世俗的包围，精疲力尽，苟延残喘。

昔日捧我赞我的人，都来了一百八十度转弯，摇身成了攻击我最厉害的敌手。最为猛烈的要算是文工团的酒桶团长和图书馆的老光棍馆长了。我知道他们为什么踢我。由于我这颗“原子弹”的爆炸，造成旧文化局惨重伤亡，而我有可能被任命去“组阁”。但文化单位是神仙乐园，文化局长的宝座是轻易坐得上的么？而这两位我昔日友好单位的头目早已觊觎这个宝座了，我相信局长不会不在他俩面前像对我那样的许愿：将来我老后，你接班。借以刺激起权力欲，调动工作积极性。而当我就任馆长后，他们认为我是奔向局长道路三匹快马中的佼佼者，对他们构成了极大的威胁，但因为我没有把柄可抓，无从下手。现在机会来了。他俩落井下石，在群众中、官场上拼命诋毁我。另外，文工团借口排练紧张，像当年苏联卡中国脖子撤走专家一样，撤走了他们受雇在文化馆舞会的乐队，造成文化娱乐场局部瘫痪。图书馆也以整理图书为由，停止了向各乡文化站的借阅工作。

我去找叔叔，指望这个在官场上冲杀几十年毫毛未损的法院院长给我济世良方。

叔叔说还是那句老话，识时务者为俊杰。既然你没有姜子牙树起杏黄旗斩妖除邪的本事，何必左冲右突，头破血流？

现实一点好。

我说法官叔叔，那么像局长卢森他们交到你手，你怎么处置？

叔叔说这个案子背景复杂呀。局长他们不是都写检查和被撤职了吗？

言下之意，我明白了。

叔叔说另外，卢森的堕落，你也有责任呀。你如果不给他权力，他敢胡来吗？

我说我不怕。

叔叔说你啊，得罪了一帮人，处境危险哪。有些事情你太多余了。

我说叔叔你想让他们逍遥法外？

叔叔不置可否。

我忍不住说叔叔你好圆滑！

叔叔说你不要学我，但你一定要学会机智。

算得了一句人话。

我还是问妻子怎么办。

妻子摸了摸我日益消瘦的脸蛋，说你辞职吧。

我跳起来：我不辞职，难道我怕他们吗？即使粉身碎骨，我也要拉几个垫底！

妻说你已被谣言熏得晕头转向了。辞职并不等于叫你退出竞赛。你懂得逆反心理吗？你急流勇退，表示对名利淡薄，避开明枪暗箭。好比一个有能力夺得百米赛跑冠军的人中途被迫退场，就会激起场外观众义愤的呼声。你单身匹马，硬斗不过他们的，只能以退为进，以守为攻。

我恍然大悟，拍案叫绝！

于是我向宣传部递交了辞职报告。

记者同志，这就是我当了八十四天馆长的始末。有人讲我是袁世凯，短命；也有人讲我是李宗仁，鬼码。是是非非，我一概不露声色。

你问谁有希望当局长？告诉你，我的辞职，人民群众证明了我不是小爬虫，同时向那两匹马表示我不耻与你们为伍。而这两匹马“除掉”我以后，却撕毁了同盟协约，自相残杀起来。群众对他俩的行为义愤填膺。据说县长也很不满。我却俯首扬眉，坐山观虎斗。

你讲这局长还能是谁呢？

当然是我。

1988 年

# 后　记

这部集子是我在 20 世纪八十和九十年代写的小说，年纪在二十五岁至三十五六岁之间，是我年轻力壮、血气方刚时候创作的作品，是我早期的代表作和成名作，是第一次结集出版，是我的珍爱。

这部集子其实是那个年代青年彷徨、思索和奋斗的记录。这些作品所体现的对社会的认识、对生活的体悟，对人生的思考，甚至文本和话语等，自然就带上了那个年代的印记。印象最深的是当时的写作，那真是苦，也真是乐。全是手写，通过邮局投稿和领稿费。那时候稿费低，但物价也低。一万元钱已经是天文数字，所以在我小说里出现一个天才歌手的出场费也不过一万元钱。我第一篇小说的影视版权费也是一万元钱，扣税后实领八千六。现在不懂的人会觉得可笑。但那个年代真是这样。

它名义上是小说集，对我来说是一本相册，打开它，我便看到了我过去的生活图景和与我有关的别人的生活图景。

我保证它好看，因为我年轻的时候好帅。

凡一平

2019 年 8 月 31 日